PAVANA
PARA UNA INFANTA DIFUNTA

Moncho Borrajo

Barcelona - Madrid

c/ Cervantes, 2 - 08002 Barcelona
c/ Gravina, 11 - 28004 Madrid

ISBN: 84-923083-0-3
Depósito Legal: B-24944-1998
Ilustraciones de interior y portada: Ramón Borrajo Domarco
Diseño gráfico de cubierta e interiores:
Miguel Arrabal y José Fernández
Imprime: EDIM, s.c.c.l.
c/ Badajoz, 145 - 08018 Barcelona

A Mariví Nebreda
pintora de infantas.

La delicia y el perfume de mi vida
es la memoria de esas horas
en que encontré y retuve el placer
tal como lo deseaba.

Delicias y perfumes de mi vida,
para mí que odié
los goces y los amores rutinarios

Konstantino Kavafis

SUAVE COMO EL SUSPIRO DE UN BEBÉ

Suave como el suspiro de un bebé, sonaba en el tocadiscos la «Pavana para una Infanta Difunta» de Ravel. Y eso era ahora nuestra amistad, una infanta difunta en el momento más preciado de su juventud.

Sonaba exactamente igual que en aquel piso de la calle Santa Eulalia, entre cojines hindúes y ventanas sin visillos, entre el olor a incienso y el sonar lento y monótono del acuario de agua templada de una cantidad de litros que nunca supe a ciencia cierta. Era lánguida y aplastante como una larga espera de quien nunca fue, mientras el sonar de la puerta del portal era un salto de pértiga en el corazón. ¡Tantos años y sólo la frustración hacía que me reencontrara con él! No era el mareante olor a Chanel Nº. 5 del *adagietto* de Mahler, ni el agua de lavanda del concierto de flauta de Mozart, no; era un perfume entre masoquista y mortuorio, necesario, pero repelido por el hombre de dentro. Aún sabiendo su corta duración, esperabas, con cierta tensión, que el tocadiscos repitiera una y otra vez el tema como un reloj al cual no hace falta darle cuerda porque es el *eternum movile.*

Sentado entre cojines y recostado contra la pared blanca y fría de la habitación, mientras una única bombilla iluminaba la noche, dejé escapar una lágrima al tiempo que sonaba el pitido hiriente de un tren de cercanías. Sólo una, pero lenta y corrosiva. Al bajar por la mejilla parecía más un río nuevo abriéndose camino entre las rocas de la montaña, que el suave deslizarse de las gotas de lluvia en los cristales de una galería del norte.

Ahora, con el tiempo, entre las hojas de un árbol no añejo y maduro en la lucha diaria del viento en los sentidos, el dolor había acertado en el mismo punto de la primera herida. Veinte años después.

No habían valido la pena los paseos por las alamedas en busca de un deseo desconocido de nombre e íntimo en andanzas, ni los litros de alcohol y coca-cola dejados correr entre las barras mal pintadas y pubs de mediocres imitaciones inglesas, entre las casas de los barrios más viejos de la ciudad. Para nada contaban las caminatas nocturnas en las que el sonar de pasos era síntoma de un posible amor furtivo, el correr apresurado de un corazón ansioso de sensaciones sólo conseguidas en los cines de Arte y Ensayo o en los corrillos de la universidad, más imaginativos que reales.

Aquella pavana me invitaba a bailar el último paso de un ballet que había comenzado hacía ya veinte largos años. Lo recuerdo perfectamente. Fue durante un cortometraje de Walt Disney en años de crío cuando sentí por primera vez que un par de ojos no sólo miraban lo que hacía, sino que escudriñaban en mi interior como el taladro de un mecánico.

No pude saber a quién pertenecían aquellos ojos; era mucha la gente que aplaudía mis acordes entre el humo y las copas del pub, y nadie podría pensar que, entre tanta gente, fueran a ser los ojos de un camarero las termitas de mi vida en el futuro.

Cuando todos los aduladores, admiradores y gente de buena fe —que también la había— dejaron sus vasos, los carmines y el humo, como si la Gran Guerra hubiera acabado, mientras charlaba con el dueño del local y algún que otro rezagado, volví a sentir la mirada de hacía una hora. La misma. Menos incisiva y sin ansiedad. La misma temperatura y el mismo olor a jazmín de las noches de Valencia, cuando el calor del verano rompe los sentidos mientras las mecedoras bailan al son de la luna nueva.

No pasó nada. Bueno, es un decir; pasaron casi dos horas mientras se recogía toda la parafernalia de una noche de actuación y, sin más, como cuando se desata una tormenta en el verano, apareció ante mí una mano pequeña, suave, con las uñas arregladas por unos dientes nerviosos; la mano de un niño que perduraba en la de un hombre, casi femenina. Y un nombre.

—¡Hola!, soy Carlos.

Apreté la mano fuertemente —lo hago siempre— y casi rompo la porcelana. Temí que alguien notara el pequeño rubor que comenzaba a jugar en mis mejillas, pero pensé que tal vez todos lo achacarían a las muchas copas de la noche y no al miedo a deshacer una cosa tan delicada.

Mis ojos recorrieron, con la velocidad del inconsciente, la breve distancia entre las manos y el rostro del desconocido. Nada tuve que preguntar. Todo se había aclarado sin palabras. Desaparecía el miedo pero se despertaba la ansiedad de lo desconocido. No pude mantener la mirada y, al igual que un viejo marinero que no quiere hablar del mar y recurre al aguardiente, así yo al coñac con coca-cola que dormitaba, ya sin hielo, en la barra, apurando de un sorbo lo que quedaba, como el toque final de un acorde de guitarra.

Siempre, en el umbral de un accidente, proyectamos en un instante, ordenadamente, la película de nuestra vida. Así fue el examen de aquel personaje. No tendría más de veinte años, moreno, con los ojos de color miel de romero, el rostro casi pálido y de no más de uno setenta y dos de altura. No porque conozca las estaturas con la rapidez de un militar sino porque era de mi altura y yo mido uno setenta y dos. Delgado, sin exagerar, y oliendo a una colonia de cierto buen gusto —cosa nada frecuente entre los camareros de un pub—, con la camisa bien planchada y el pantalón un poco apretado, de color negro tiempo, casi pardo noche, con un brillo en el muslo y el bajo ligeramente descosido —quién sabe si por las prisas de llegar al trabajo—, cuidado pero no meticuloso. Eso sí, sin manchas de sudor en la camisa.

Sin ningún pretexto, sin motivo aparente y con una tranquilidad alarmante, se ofreció a llevarme a mi casa en su coche. Yo pensé: ¿porqué no?, y empezamos a hablar de cosas que los demás no entendían, porque teníamos puntos comunes de lugares distantes y personas conocidas en distinto tiempo y por distintos motivos.

Comprendí que las líneas paralelas sí se encuentran y que los mismos paisajes son distintos en cada época del año y que depende de cada hora del día que la luz los distancie más, pero son el mismo.

El utilitario me pareció inmenso. Conducía con tranquilidad y demostrando un dominio del coche poco corriente en un chico tan joven.

Cuando llegamos a la puerta de mi casa tuve la sensación de que ni él ni yo queríamos irnos, y empezamos una de esas conversaciones incoherentes en que el «bueno», «¿tú qué crees?», «no sé», «yo es que no sé lo que haré», «¿por qué no me llamas y salimos a tomar unas copas?», «yo no puedo..., trabajo», «yo me voy pasado mañana». Y entre este mare mágnum de frases hechas saltó:

—¿Por qué no la tomamos ahora?

—¿Por qué no?

Puso el coche en marcha y recorrimos, como dos críos pequeños que tienen un misterio que guardar, todos los garitos nocturnos de la ciudad, compartiendo el humo de los locales y dejando escapar, de cuando en cuando, una mirada furtiva al reloj, temiendo que llegase el alba. Sólo una vez se cruzaron nuestras miradas y no sé lo que vería en la mía, pero yo en la suya no encontré nada, sólo una mirada, ni caliente ni fría, ni amable ni amorosa, ni cordial ni odiosa, ni cansada ni adormilada, ni menos aún alcohólica. Sólo unos grandes ojos, con largas pestañas y dos o tres pelos tontos en el entrecejo, pero nada más; algo que es tan difícil de encontrar como una puesta de sol en Londres durante el invierno.

No recuerdo a qué hora llegué a casa. Sólo sentía que el tiempo había pasado y que no lo había perdido. Intenté guardar en mi cerebro el rostro de Carlos y pensé en el «Don Carlo» de Verdi, que es la forma que un músico tiene para recordar mejor los nombres, pero, en ese momento se interpuso en mi cabeza la «Pavana para una Infanta Difunta».

Al día siguiente, contra lo que cabría esperar, ninguno de los dos llamó, ni yo pasé por el local de actuaciones para verlo, ni recuerdo ahora lo que pasó. Tampoco importa cuál fue el motivo. No ocurrió nada. Yo tomé un avión para no sé qué ciudad y Carlos se quedó sirviendo copas entre canciones de Moustaki, los Beatles, y alguna que otra actuación en directo de un grupo de jazz como el nuestro, o de un cantautor.

Los cuatro años que pasaron hicieron que olvidara el nombre y la cara de aquel muchacho. Si estaban en algún lugar de mi cerebro, seguro que estaban clasificados en un lugar cómodo, sin polvo, en la letra V de Verdi y en el apartado OPERA. «Don Carlo, camarero», pero con una interrogación en lápiz que sólo yo comprendo, cosa que hacemos todos en nuestras agendas.

Sí recuerdo perfectamente que estaba afinando la guitarra para salir a actuar, cuando alguien de la sala, creo que un camarero, me pasó un recado:

—Está aquí Carlos.

A lo que contesté:

—Ahora no puedo atenderlo. Que tome una copa y espere al final de la actuación, después lo veo.

Pero puedo asegurar que, en aquel momento, no abrí el fichero para ver qué era «Carlos» o quién era. Me preocupaba más la actuación que estaba a punto de comenzar.

Se me debió de notar mucho en la cara la sorpresa que me causó el encontrarme frente a frente con él, entre el bullicio de las copas y la música —tremendamente alta— de esos locales donde los disc jockeys disfrutan con el tormento de los asistentes. No se podía hablar. Todo lo que nos rodeaba era antidiálogo; es más, nadie podía oír a nadie que no le gritara cerca de la oreja, por lo que le dije, gesticulando, que me esperara, que enseguida volvería. Camino del camerino mi extrañeza iba en aumento y me preguntaba el porqué de aquella visita y cómo me había localizado, aunque eso era fácil por los anuncios de la prensa. Pero ¿por qué? Algo tendría que pasarle para que recurriera a mí, aunque también es cierto que aquella noche de copas de hacía cuatro años le había dicho que podría contar siempre conmigo, pese a que uno piensa que eso nunca sucederá.

Le pregunté por el coche. No lo tenía ya. Es más, estaba en el paro y había llegado a Madrid haciendo auto stop. Noté que, al contarme todo aquello, quería, entre la timidez y la necesidad, estar contento de verme. Parecíamos dos viejos conocidos que inesperadamente tropiezan al pretender bajar a tomar café de madrugada durante una de esas breves paradas de los trenes de largo recorrido.

No tenía maleta ni bolsa, ni nada que diera a entender que hacía un viaje, y menos aquel viaje tan largo. Sin pedirle permiso ni opinión paré un taxi. Él no dijo nada, y la conversación fue parecida a la de aquella noche en el utilitario, aunque, de su parte, más melancólica, como dejándose llevar, esperando no molestar por temor a que interpretara mal su visita. Yo, al contrario, estaba contento. Había hecho una buena actuación y su visita había sido la guinda para el pastel del día. Indiqué al taxista el nombre de un local de aquella ciudad, para mí extraña, y dejamos que nos llevara, sin prisa y sin importarnos el camino que siguiera, apenas sin conversar, como si temiéramos que el taxista pudiera descubrir un secreto que no existía; únicamente dos conocidos que se reencuentran y casi el principio de una amistad que suena a músicas queridas y que el tiempo ha dejado en el recuerdo, sin necesidad de volver a ponerlas en el tocadiscos, para que así no jueguen los cuchillos en la herida y las lágrimas no salten provocadas por un dolor de recuerdos.

El taxista nos dejó en la puerta de un local que era similar a todos los de su especie, húmedo, en un semisótano, decorado con cierto buen gusto, un tanto deprimente, aunque sin llegar a cutre, sólo inciertamente amable. Pedimos dos copas y nos quedamos en una mesa apartada, entre la barra y la pista, donde algunos bailaban alocadamente mientras otros contemplaban el espectáculo gratuito del cliente.

Carlos me contó, como quien no quiere la cosa, que estaba de paso y que iba a la boda de un amigo al que quería mucho, comentario innecesario, ya que nadie hace ese viaje por un conocido y menos en auto stop. Mientras él hablaba, con la cabeza baja, temiendo que leyera en sus ojos, yo jugaba con la copa entre las manos. De pronto, sin más, nos encontramos en silencio, mirándonos, sin escuchar la música, como si nadie estuviera en el local, y yo tuve la extraña sensación de estar desnudo y no poder taparme. Carlos lo había notado y parecía divertirse con la situación, pero yo sentí una tremenda vergüenza; me sentía el niño al que cogen haciendo algo malo, cuando yo nada había hecho, nada. Sólo le había dado dos palmadas en la rodilla. Al mirarme, noté en sus ojos la pillería de un niño travieso que descubre el regalo dos días antes de Reyes y hace cómplice a su madre, mientras con la mirada parece decirle: «No te preocupes, mamá, no se lo contaré a nadie».

No entendí el porqué de aquella complicidad pero por mi

cabeza pasaron, de pronto, todas las sensaciones conocidas; los ejercicios espirituales del colegio, el temor de los curas porque fuéramos dos al servicio, el miedo y la sensación de alegría. No entendía nada. Aquello nunca me había pasado. ¡Miento!, una vez, cuando tomé la mano de Isabel para cruzar el semáforo y ella me miró, casi nos atropella un coche, pero no importaba, éramos felices. Y todavía ahora, que ella anda loca con su moda y yo con mis sesiones de jazz, podemos decir que lo somos.

Era la misma sensación. Las manos me sudaban igual que antes de un examen de derecho civil o de griego, y empecé a hacer las cosas más variadas; coger la copa, dejarla, cruzar las piernas, ir al váter, fumar... todo lo que es normal, pero en segundos, queriendo ocupar el tiempo lo más rápidamente posible, parodiando, sin saberlo, una película del cine mudo. Carlos me miraba como mira el curioso a la trucha en el agua, presa del anzuelo del pescador, y noté que su extrañeza se debía a que no comprendía que nuestros doce años de diferencia de edad no eran lo mismo en diferencia de experiencias vividas; quizás él no esperaba de mí ese comportamiento. Tampoco yo comprendía ni conocía el porqué de lo que me ocurría.

Le pregunté si tenía hotel o pensión para dormir esa noche. Él me respondió que sí, que tenía unos familiares que vivían allí, pero yo pensé que las cuatro de la madrugada no eran horas para llamar a la puerta de nadie sino era un caso de vida o muerte, por muy familiares que fueran, y decidí ofrecerle mi casa aquella noche. Bueno, no era una casa, era un miniapartamento que compartía con otro compañero del grupo, pero sabía que no le importaría que Carlos pasara allí la noche, él lo había hecho con otra gente y en el mundo de la farándula no son extraños estos casos.

Sólo había dos camas en una habitación y un sofá cama en el pequeño salón-comedor, de no más de tres por cuatro, separado de la cocina por una barra, aborto de una película americana de los años cincuenta.

Cuando entramos en el apartamento le expliqué que mi compañero estaría durmiendo y la necesidad de no hacer ruido, pero no hicieron falta el sigilo ni la cautela. Al entrar oí la voz de Ricardo que decía:

—¿Eres tú?

—Sí, soy yo. Vengo acompañado de un amigo.

Y la palabra amigo se me escapó como una necesidad. Le dejé sentado en él sofá que luego sería su cama y pasé a explicarle a Ricardo que Carlos pasaría allí la noche.

—Oye, si quieres duermo yo en el salón.

—No, ni hablar, no es necesario. Te lo agradezco, Ricardo, pero sé muy bien lo que es dormir en otra cama distinta a la que se está acostumbrado, y además no tenemos por qué dormir en la misma habitación.

Cerré la puerta de la habitación y preparamos el sofá cama. Las sábanas estaban limpias, nadie las había utilizado desde la última tangada de lavandería. Le pregunté a Carlos si dormía con pijama —como siempre hacía mi madre con los invitados imprevistos—; yo podía prestarle uno de los míos, pero me contestó que no.

Después de que se acostara quise saber a qué hora debía levantarse para marchar y si le hacía falta algo. Aunque yo no nadara en la abundancia, sabía lo importante que eran unas pelas en un momento así. Me respondió que con despertarse a las diez tenía suficiente. Cuando entré en la habitación Ricardo ya dormía; no encendí la luz y me metí en la cama sin hacer ruido.

Serían las ocho de la mañana cuando me desperté sudoroso y un tanto intranquilo. Después de calzarme las zapatillas, pasé al cuarto de baño para secarme y lavarme la cara. Al pasar por delante de Carlos lo miré. Dormía apaciblemente; el torso desnudo y una ligera sonrisa, mientras el pelo alborotado jugaba en su frente. Abrazado a la almohada, parecía un enamorado después del primer acto de amor. Transmitía paz el mirarlo, y mirándolo me quedé largo tiempo, hasta que el frío se hizo notar en mis pies y el pijama dejó de estar agradablemente cálido. Como si despertara de algún sueño entré en el cuarto de baño y me quedé frente al espejo, sin verme, apoyadas las manos en el mármol; pasó por mi cerebro el primer pensamiento que relacionaba a Carlos conmigo, un pensamiento que nunca me había asaltado. ¿Qué tenía Carlos distinto de Ricardo? ¿Qué encontraba yo en él para que, al verlo destapado en la cama, lo tapara con el mimo de una madre, y con tanto cuidado para no verlo ni tocarlo como si, de haberlo rozado, pudiera ocurrirme algo extraño?

Ignoro el tiempo que pasé en el baño y en esta postura, pero noté que se me entumecían las piernas y volví a la habitación. Ya no me dormí. Daba vueltas en la cama mientras mi cerebro repetía una y otra vez la misma pregunta, la misma duda, la misma tontería, porque eso es lo que era, la tonta fijación de un hombre que no tiene más problemas que tocar la guitarra cada noche con un grupo que lucha por salir adelante en el difícil mundo del jazz, mientras su mujer, lejos, rompe los esquemas de la moda europea, y, por cierto, con muy buena fortuna.

Las diez de la mañana parecían no llegar. Cuando dieron las nueve y media me levanté y metí en la cazadora de Carlos algún dinero, no mucho, tampoco andaba yo tan boyante, pero no me iba a arruinar por eso y además me apetecía hacerlo.

Cuando despertó, noté en sus ojos que había dormido bien, sin sobresaltos. Le comenté lo del dinero y se quedó callado, después dejó escapar unas cortas y susurradas gracias, mientras decía que me lo devolvería, que no dudara de él y que intentaría buscarme para hacerlo. Al cerrar la puerta del apartamento miró hacia mí y añadió:

—Nos veremos.

Y el golpe seco de las maderas fue como el desconectar del tocadiscos, un clac seco y frío que hacía pensar que el disco había terminado.

RICARDO GRITÓ
DESDE LA BARRA DE LA COCINA

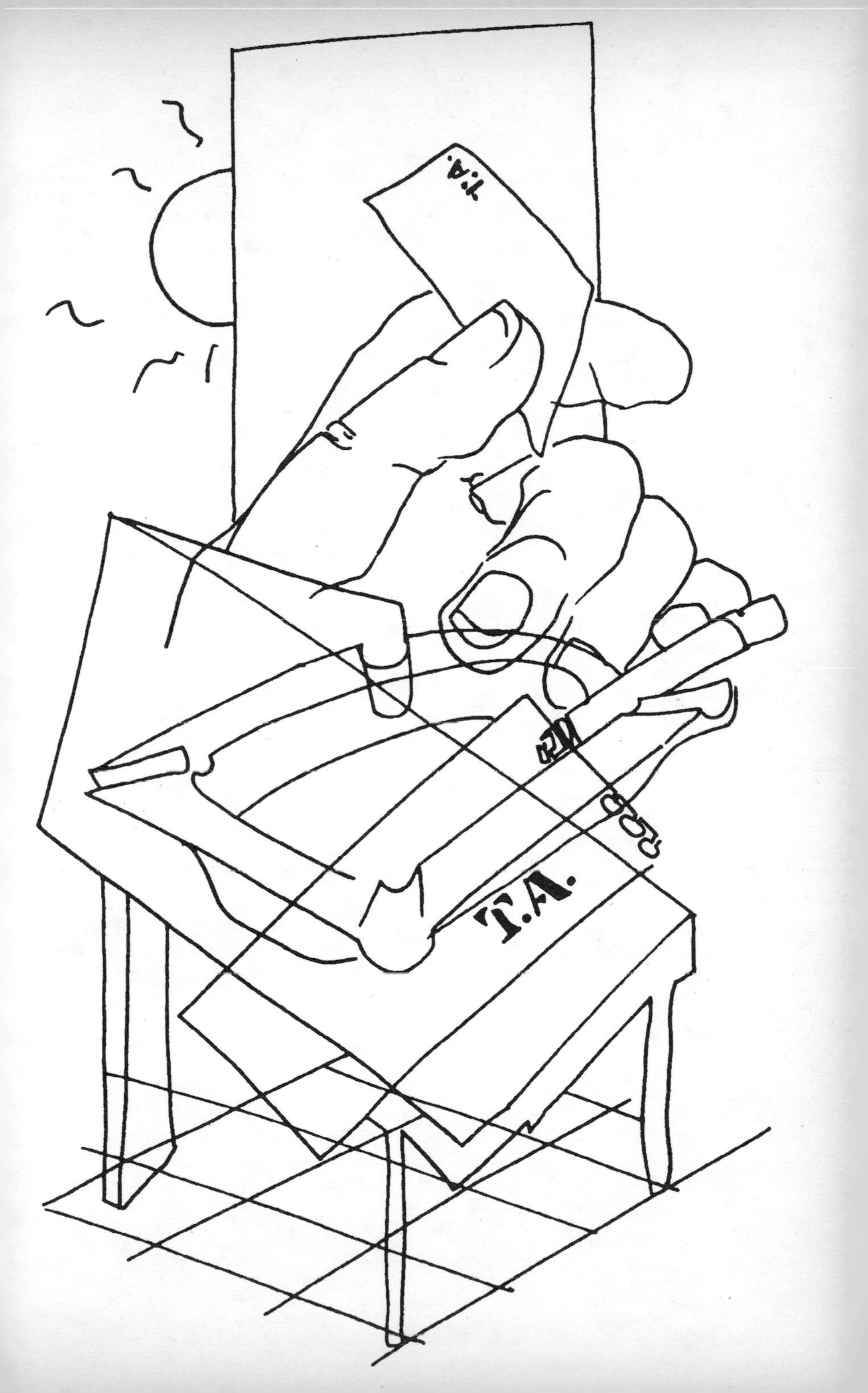
T.A.
T.A.

Ricardo gritó desde la barra de la cocina.

—¡Rafa!, aquí te han dejado algo.

Esgrimía entre los dedos de la mano derecha una hoja de papel de bloc cuadriculada, y en su rostro se dibujaba una sonrisa maliciosamente cómplice, al tiempo que canturreaba una canción de Jacques Brel. Traslucía tanta saña que no apetecía recoger la nota, sólo por dejarle con la duda de qué cara podía yo poner. Así fue; desde la habitación le contesté también gritando.

—¡Déjala sobre el cenicero de cristal, ya la veré después!

De mala gana y con cara de «a mí no me engañas» dejó la hoja en el cenicero al tiempo que aumentaba, desagradablemente, el volumen de su voz distorsionando a Brel, con un cierto retintín al decir «ne me quitte pas», más de amante celosa que de buen batería, que eso sí lo era.

Cuando fui a la cocina aparté, no dándole importancia, la nota del cenicero, mientras me tomaba una cerveza de bote por comprobar si era cierto lo de las películas americanas, que insisten en que, después de una noche de cierto copeteo, una cerveza amansa el estómago, y mientras la tomaba me acordé de las ostras de la pradera de Liza Minnelli en «Cabaret». Yo ya sabía que Ricardo no me quitaba el ojo de encima y, por eso, antes de ser atacado pregunté, señalando la hoja:

—¿Este es el algo que me dejaron?

—Si —respondió—, y no es algo, es una dirección.

Yo ya lo intuía y quería quitarle importancia, pero ni mis gestos ni mi actitud dejaban duda de mi ansia por leer aquel pequeño papel cuadriculado; lo tomé sin darle importancia y leí:

Carlos Lourido Gómez
264091
T. A.

Ricardo preguntó:

—¿Es del mozo de anoche?

—Sí —respondí—, me ha dejado su teléfono por si lo necesito.

—¿Y nada más?

—Nada más; sólo: Tu amigo.

—¡Ya!

—¿A qué viene ese ya? —pregunté yo.

—¿Es un «Tu amigo» o un «T punto A punto»?

—Es un «T punto A punto», pero supongo que quiere decir «Tu amigo».

Siempre había sido muy cotilla Ricardo, pero no me esperaba de él aquel soniquete con el que hablaba. Seguía pareciéndome más una amante celosa que un compañero de grupo. Esto pude entenderlo después y sin temor a dudas; él mismo me lo aclaró pero, en ese momento, sin proponérselo, y supongo que sólo por jugar, Ricardo clavó en mí el primer alfiler de sospecha. No lo entendí y como tampoco conocía el significado de todo aquello, no le di importancia, pero días más tarde y con la nota en la cartera, un mundo de pequeñas dudas empezó a brotar en el césped de mi casa interior, como si nadie cuidara el jardín ese otoño.

Fue en la cafetería de la esquina de casa, serían las tres de la tarde y, después de comer una ensalada y un par de huevos fritos con patatas para desayunar, cuando buscando en la cartera el teléfono de un *manager* de jazz, encontré el papel cuidadosamente doblado entre muchas tarjetas y una estampa de la Inmaculada que siempre va en ella por no desairar a mi madre, que me pidió que siempre la llevara y me aseguró que me daría suerte.

Después de desdoblarlo mi vista se fue rápidamente hacia el T. A.

—¡Bah!, son tonterías —decidí.

Lo metí de nuevo en la cartera; yo, que estas cosas no suelo guardarlas, ¡estaría bueno, tendría que andar con un archivador con ruedas!

Pero, al guardar el trozo de papel, creo que también empecé a guardar preguntas que no quería preguntarme y respuestas que no quería responderme. Era algo muy típico en mí, algo que Isabel siempre me echaba en cara cuando discutíamos por cualquier chorrada. Pero si no había cambiado ya a los treinta, a los cuarenta ya no cambiaría. Además, ¿qué coño me importaba a mí aquel Carlos? Sin darme cuenta, por una rendija de mi mente se coló la imagen de su cuerpo dormido, con el pecho desnudo, lampiño y con cara de niño que no ha roto un plato; la imagen de un niño mayor que se te escapa de las manos y salta hacia su propia libertad. Eso sería: la representación de una paternidad frustrada, la del hijo que Isabel y yo no habíamos tenido. Seguro que era por eso. Por otro lado, nada de extrañar a mi edad. Según los psiquiatras ese es el momento de las preguntas sobre el qué hacemos y a dónde vamos, qué pintamos o qué dejamos de pintar, para qué tanto esfuerzo, etcétera. Soy de lo más típico —¡qué asco!—, ni siquiera me salgo de las normas en comportamientos humanos y quizás por eso sea el jazz la única válvula de escape para romper mi cómodo y cuarentón molde de vivir.

Sí, así quedaría; guardado en la cartera, para que no dijera que lo había tirado, como todo el mundo hace con ese estilo de papeles; de ahí que anotarlo en un paquete de tabaco sea todo un éxito.

Fue en el festival de jazz de S.S. cuando Ricardo me recordó, pasado el tiempo, que Carlos existía y que él no lo olvidaba con tanta facilidad como yo había creído, aunque, de hecho, no había pensado en él desde aquel desayuno hacía unos meses.

Estaba yo guardando mi guitarra en el estuche cuando noté que, detrás de mí, había alguien que me observaba. Luego oí la voz de Ricardo que decía:

—Rafael, te presento a un amigo mío, un T. A.

Dejó escapar una sonrisa cínica, a mi parecer tan venenosa como cruel.

Debió de notarme en la cara que la broma no me había hecho ninguna gracia, pero eso me hizo descubrir lo que supongo que siempre había sospechado y no quería creer, la homosexualidad de Ricardo. Era esta la que le hacía ser, a veces, tan cruel y sarcástico con otros compañeros que no ocultaban que lo eran, que lo admitían siempre con la mayor naturalidad. Y también lo que le hacía estar siempre a la defensiva, entre un machismo extraño y la Santa Inquisición, la manía que tenía a grupos *rockeros* antiguos, tan de moda y aquellos ataques a los chicos de pelo largo y cuidado con cara de *madonnas italianas*, con las caderas marcadas y manos de Gioconda, algo por lo que habíamos discutido tantas veces y a lo que yo no daba ninguna importancia, mientras que él arremetía contra ellos como un energúmeno.

Él, tan viril; un símbolo de fuerza ante su batería, con las piernas abiertas y los palillos entre los dedos, todo un dios del ritmo; él, de pelo corto a lo marine americano y la cara rasurada como si fuese un vaquero que baja al *saloon* para satisfacer sus apetencias de carne; aquel apasionado de la selección nacional de fútbol era ahora, ante mis ojos, un hombre que quería hacerme chantaje, pensando que su complicidad me haría decir lo que yo no sentía y poder formar así un tándem de silencio ante algo tan evidente como su homosexualidad.

A mí no me importaba lo que fuera, sólo su música me interesaba, pero me jodía su hipocresía, su doble o triple forma de vivir y, sobre todo, que yo le había dado mi confianza hablándole de temas, de Isabel y míos, que a nadie había contado; eso sí me dolía. Ahora comprendía muchas de sus posturas de defensa hacia Isabel y algunos ataques sin miramiento. Pero eso ya no tenía importancia, el caso es que estaba frente a un T. A., él mismo lo definió así; veinticinco años aproximadamente, moreno, con las manos grandes y el cuerpo fuerte.

Llevaba un pantalón tejano apretado y un suéter rojo de lana sin camisa debajo, remangado y con el pelo un tanto alborotado pero no largo. Me sonrió y, después de darme la mano, se quedó mirando a Ricardo como en espera de algo.

Ricardo intentó hablarme, pero yo no estaba de humor para charlas. Sin querer resultar descortés o maleducado me despedí de ellos.

—Rafa, espera un momento, por favor.

Y llevándome aparte:

—¿No podrías sólo por hoy intentar llegar «un poquito tarde»? Tú me comprendes.

Esto último me indignó, por el tono de complicidad que puso en ello.

—No, no lo comprendo —fue mi respuesta.

Ricardo, de la forma más sutil posible y haciendo alarde de una retórica desconocida en él, intentó explicarme todo lo que yo no quería saber. A mí no me interesaba para nada esa retahíla de justificaciones sobre su conducta y su separación de Pilar, de modo que no le escuché.

Creo que comprendió que no me interesaba.

—Mañana hablamos.

Y concluyó entre amable y temeroso:

—Por favor, Rafa, no lo comentes.

Parecía mentira que un hombre de su sarcasmo, que aparentaba estar tan seguro de sí mismo, se mostrara ahora tan débil con respecto a sus inclinaciones frente a una sociedad que, según él, le importaba tres cominos.

Ya se marchaba con su conquista, entre chanzas y carcajadas de macho hispano, soltando algún que otro taco y dándole palmadas en la espalda a su más reciente presa. Evoqué las veces que habíamos ido los dos de juerga, él siempre haciéndose el gracioso con las chicas de alterne y fardando constantemente sobre su capacidad de aguante en el *arte de joder*, porque él siempre «jodía», él no hacía «el amor», eso era para cursis como Isabel y yo.

Era verdad que no tenía que contarme nada; ésa había sido la norma acordada cuando alquilamos el apartamento. Sin embargo, así tan de repente, y después de una dura sesión de jazz, no pude clasificar bien todo lo que me dijo. Lo que sí estaba claro era que yo, esa noche, no dormiría en la pensión. Él me lo había pedido —«sólo unas horas»— pero no tenía ganas de ir y tampoco me apetecía encontrarme, al llegar, con una lección sobre la homosexualidad y sus problemas dentro de una sociedad como la nuestra. Lo que sí había conseguido aquel Ricardo amigo mío, había sido traerme a la memoria a Carlos con su T. A., haciendo una comparación tan desagradable como falsa entre su nuevo amigo y Carlos, ya que ni eran iguales ellos ni lo éramos Ricardo y yo.

Yo era un hombre casado con una mujer maravillosa; vivíamos alejados temporalmente, por nuestros trabajos, pero nos entendíamos de maravilla, y además yo no era homosexual, al menos eso era lo que más claro tenía; nunca me gustaron esos juegos y punto. Esa era la opinión de mi yo más arraigado, y estaba totalmente de acuerdo con él.

Tomé unas copas en no sé cuantos bares, entre compañeros de otras bandas, pero no se me iba de la cabeza la puñetera frasecita de «un T. A.» que Ricardo había dicho al presentarme a su conquista, y cuando me cruzaba, en un ir y venir de miradas, con alguna masculina, sin darme cuenta, pensaba: «no me dicen nada», y me preguntaba qué le encontraría Ricardo para haber cambiado de aquella manera o si habría sido así siempre y lo raro estaba en su amor por Pilar. En fin, no entendía nada.

Con la guitarra dentro del estuche, paseé lentamente por las calles de aquella ciudad maravillosa, la bella Donosti, entre el fondo lejano de una bruma y el sonido de una sirena, mientras el mar se dejaba escuchar recordando al bajo continuo de un concierto de Bach.

No sé cuántas vueltas di antes de entrar en la pensión. Amanecía ya; la cabeza húmeda y empapada en coñac parecía una esponja de baño al terminar la ducha matinal.

Cuando subía la escalera de madera, en mi cabeza estaban Isabel con sus modas, Ricardo y una imagen borrosa de Carlos, mezclada con el deseo inconsciente de saber dónde estaría a esas horas aquel chaval que me dejó su dirección y un «T. A.», escrito con bolígrafo BIC azul colegio, que empezaba a ser molesto.

Entré sin hacer ruido. Ricardo dormía y mi cama estaba abierta. Era como darme las gracias en silencio, por mi ausencia, y añadir un peldaño más a la escalera de nuestra amistad.

Anoté en la agenda: «Escribir a Isa; concierto el 15; llamar a Carlos». Me desnudé y apagué la luz después de quitar, de encima de la lamparita, un pañuelo que Ricardo había olvidado, y tras unas vueltas de acoplamiento me quedé dormido, más por las copas y el cansancio que por el sueño.

No recuerdo lo que soñé aquella noche pero tuvo que ser bastante intranquilizador porque me levanté más cansado de lo que estaba al acostarme. Aún dormía Ricardo. Habíamos quedado en un bar para tomar algo y comer después. Como era habitual en él, llegó tarde, con una ligerísima sonrisa en los labios y un temblor de pasión en la mirada. Entró en el bar comiéndose el mundo y mirando descaradamente a unas chicas que estaban en la barra. Estaba a punto de decirles algo cuando, al mirarme, levantó los hombros y vino hacia mí como un niño que no termina una travesura porque lo has cogido *in fraganti.*

Cuando llegó hasta mí quiso empezar una conversación, pero le cogí la mano para saludarle y, mirándole a los ojos, le dije:

—No pasa nada. No te entiendo pero te respeto, no me cuentes nada. Yo te quiero como amigo y además eres un excelente batería, ¿qué más necesito?

Bajó la mirada y dijo:

—Sólo te pido un favor...

Antes de que terminara la frase le interrumpí:

—Eres mi T. A. —se puso un tanto rojo y cuando iba a hablar lo apuntillé—: Tu Amigo.

No ocurrió nada especial en todo el día; hacer maletas, comer algo, despedirme de los otros componentes del grupo, fijar fechas y, al llegar al apartamento de Madrid, nada importante tampoco, sólo cartas del banco, una del *manager* y una en cuyo remite ponía: Carlos L. G., sin ciudad y sin calle. Nunca entenderé por qué no la abrí en el salón inmediatamente, como hago siempre, y, sin embargo, me encerré furtivamente en el baño, igual que un adolescente apurado.

Me senté en la tapa del váter y rasgué el sobre rápidamente, no sin antes cerrar la puerta con el pestillo, temiendo que me descubrieran. Algo, ahora me doy cuenta, que hice de una manera instintiva, como habría hecho un crío, obedeciendo a impulsos y no a razones.

Era una carta más, con una buena letra de colegio y una ortografía perfecta, cosa que yo nunca he poseído; la letra era un tanto redondeada pero bonita.

Empezaba con un «Estimado Rafa» y terminaba con un «Espero verte pronto. T. A. Carlos.», el resto, agradecimiento y que la boda de su amigo había sido estupenda y que el regalo que le compró le había encantado; que pasaría por Madrid; que no sabía cuándo, pero que si podía intentaría verme.

Ricardo aporreó la puerta:

—¿Te has caído? ¿Te echo una mano?

—No, lo que estoy haciendo lo sé hacer solo.

Se echó a reír pensando Dios sabe qué. Entretanto yo arrojaba la carta, hecha pedazos, en la taza del váter y tiraba de la cadena. Era el sitio más seguro para ella y nadie la encontraría.

Cuando abrí la puerta Ricardo estaba allí esperando para entrar, entonaba una canción, la de «Non ho l'etá», y hacía movimientos deshonestamente descarados con la mano derecha.

Sentado en el sofá cama, serían las cinco de la tarde taurinas y dolorosas, cuando empecé a darle vueltas al tema de Carlos. Pasaba la mano por el sofá acariciando el tapizado de una manera involuntaria pero tranquila, disfrutando del tiempo que se pierde. ¿Qué pasaba?, ¿por qué el recuerdo de aquel chaval y siempre bajo la misma imagen? Nunca me había pasado con otros amigos y menos ahora que con los años me había vuelto mucho más independiente. Tan sólo en el comienzo de las relaciones entre Isa y yo me había sucedido algo parecido, pero desde eso habían pasado diez años y ella era una mujer.

Mientras jugaba con estos pensamientos, Ricardo me preguntó, al salir del baño, si quería ir a dar una vuelta, dejando claro que donde yo quisiera, que si era preciso nos iríamos de tías. Le sonreí entre burlona y cariñosamente mientras le explicaba que tenía muchas cosas que hacer esa tarde, que me perdonara, a lo que me contestó Ricardo que mejor se lo pasaría él.

Se arregló —solía hacerlo de una manera escrupulosa— y se roció con su colonia favorita, fresca y viril.

—Bueno, me marcho ya. Prometo ser buen chico. Así que no te preocupes por mí —se despidió.

—¡Gilipollas! —contesté a su burla.

Cuando finalmente cerró la puerta, suspiré encantado de quedarme sólo.

Puse los pies sobre la mesa y los brazos por detrás de la cabeza. Miraba caer la lluvia y mi mente se escapó por entre los jardines del subconsciente recorriendo un camino que yo mismo no podía explicar pero que no me molestaba ni rompía el encanto de mi soledad sosegada en aquella tarde.

Estando así, tranquilo, recordé la carta, lamenté haberla roto y juzgué mi actitud de arrebato infantil: ¿qué mal había en guardar la carta de un amigo?; en verdad mi comportamiento en todo lo relativo a él estaba saliéndose de sus cauces normales y no era típico de mi persona. Pero, ¿qué tenía aquel Carlos para que pensara en él?; no lo entendía, no era músico, no sabía siquiera si le gustaba el jazz, no conocía sus gustos literarios ni personales, si tenía o no novia, quiénes eran sus padres y dónde había nacido, qué quería ser en la vida o si pensaba seguir siendo siempre un camarero, etcétera. Me apetecía volver a verlo y tomar unas copas con él, como aquella noche hacía ya tiempo. Para eso sí que habría salido aquella tarde, pero no podía localizarlo; tan sólo un teléfono tenía de él y no debía ser el del lugar donde estaba ahora. Aún así pensé en llamarlo, ¿con qué excusa?, que ya había vuelto, ¿por qué no? En ese momento mi mente reaccionó de una forma conservadora y se me acumularon cientos de cosas en la cabeza: mi matrimonio, mis estudios en el conservatorio, el grupo de jazz, la ruptura con el clasicismo, el colegio, mis padres, el próximo concierto en el que tenía que estrenar una guitarra nueva, y eso era lo más parecido a una noche de bodas con una virgen; tacto, amor, precisión y cientos de matices que sólo un amante experimentado sabe coordinar para no romper el encanto de lo nuevo y el sabor añejo de lo de siempre.

Entre todas estas cosas, mientras la lluvia dejaba el silencio en los cristales, aparecía, de forma neblinosa, la imagen de Carlos durmiendo en el sofá cama en que yo estaba sentado ahora, y siempre acompañada de una extraña sensación de inseguridad que no entendía.

Me levanté de salto. Tomé papel, pluma y, al estilo «corto de Buñuel», empecé a dibujar cosas y a escribir otras. Hice una carta para Isabel y llamé a Carlos por si acaso estaba en Madrid; todo al mismo tiempo. Rompí la hoja con los garabatos, cosa de la que me arrepiento, porque cualquier psiquiatra habría disfrutado con aquel arsenal en las manos; pero uno nunca piensa en esos momentos que esas cosas pueden valer para arreglar o desunir vidas y, subconscientemente, nos deshacemos de ellas, temerosos de que puedan ocurrir. Cogí una hoja en blanco y escribí.

HÓLA AMOR

Hola Amor:

Espero que cuando recibas esta carta todo lo de Milán haya salido como tú esperabas. Lo de San Sebastián ha sido un éxito, incluso los americanos aplaudieron un solo mío en la última sesión. Con eso que te cuente ya puedes imaginarte lo satisfecho que me siento.

He leído algo de ti en una revista de moda que me mandó tu madre. Te ponía por las nubes como diseñadora y decía que eres el futuro de la Moda Española. Me sentí orgulloso como un pavo tonto. Ya sabes que soy muy parco para estas cosas de escribir, pero hoy me ha dado el arrebato y me he decidido a ponerte unas letras. Te extraño, ¿sabes? Hay veces en las que necesito tus gritos y tus histerias de diseñadora creativa, sobre todo estos días en que ando un poco desafinado, con una guitarra que no se toca. Pero no te preocupes, son cosas del músico y nada más. Ya te contaré, cuando vengas, algunas cosas, nada importante, pero que me gustaría comentar contigo.

Isa, he vuelto a pensar en que deberíamos adoptar un niño; aunque ya sé lo que opinas sobre el tema, podríamos replantearlo cuando vuelvas. Puede ser una solución a muchas cosas que nos pasan, digo yo. Tu madre parece estar de acuerdo, pero somos nosotros los que hemos de decidirlo. De todas maneras hay más días que longaniza y no es cuestión de hablarlo ahora.

Cuando vuelvas quiero que conozcas a un amigo nuevo. Te caerá bien, es de los tuyos, cabezón y trabajador. No nos vemos a menudo pero congenio muy bien con él y eso que casi no nos conocemos, pero es de esos que caen bien a primera vista. Me lo presentaron en una sala, en el Norte, trabajaba de camarero. Bueno, más datos in person, ¿sí, cariño?

No sé cuando tienes previsto el regreso, pero quiero que sepas que no estoy en Barcelona sino en Madrid, en el apartamento, con Ricardo, porque me resulta más cómodo para las salidas de trabajo. Por eso, si quieres escribir, mándame aquí la carta, ¿vale?

Recibe un beso de tu Rafa.

P. D. Hunde a los competidores. ¡Eres la mejor!

Terminada la carta busqué la dirección en la agenda y pensé en salir para saber cuánto era el sello para Italia; si no sé cómo anda el correo en España poco sabré del de Europa, digo yo.

Mientras buscaba en la agenda apareció el teléfono de Carlos. Después de dudar un rato decidí llamarlo a ver si estaba o no en Madrid. Fui hacia el aparato y marqué el número, un tanto nervioso (parecía temer que me descubrieran llamando) pero a la vez deseando escuchar su voz al otro lado del hilo.

Sonó dos o tres veces y después contestó una mujer.

—Buenos días. ¿Está Carlos?

—No, señor, no está. Se ha marchado a trabajar y ya no volverá hasta la noche, que viene muy tarde, a eso de las tres, ¿sabe usted?

—Sí, sí, ya. ¿Y no podría darme la dirección del pub donde trabaja?

Y añadí atropelladamente:

—Soy Rafa, un amigo suyo. Tengo que verle hoy, si es posible. Me han dejado un mensaje para él —mentí descaradamente.

Me dio la dirección, que anoté enseguida en una hoja de papel mientras la buena señora seguía hablando.

—Ya sé quién es. Carlos ya me ha hablado de usted muchas veces. Le aprecia mucho, ¿sabe? Le ha cogido cariño a usted, como si fuera usted su hermano mayor. Dice que se porta siempre muy bien con él.

Ya veía que para la señora yo era más conocido que la Virgen de la Paloma y que tampoco tenía prisa por colgar.

—Para mí, Carlitos es como un hijo, ¿sabe usted? Yo en mi casa no tengo a nadie más y él es muy bueno conmigo. Me hace mucha compañía.

Eran los comentarios típicos de una mujer viuda y agradecida que hace todo un panegírico del alquilado a la vez que quiere conocerte por teléfono y saber así si su pupilo le miente o no durante las confidencias de cocina minutos antes de servir la comida, cuando él, aún en pijama, a la una y media del mediodía, lanza un bostezo al aire.

Aproveché que hizo una pausa:

—Gracias, señora, muchas gracias. No la molesto más.

—No faltaba más —recomendó la buena mujer—. Puede usted llamar cuando quiera. Ya sabe.

—Gracias, gracias. Adiós.

Y esta vez ya pude despedirme.

Nada más colgar pensé que acababa de hablar con una gemela de mi suegra. Guardé la dirección en el bolsillo de la chaqueta y, después de apagar la luz y cerrar la puerta, me dirigí con paso firme pero tranquilo hacia una parada de taxi que había en la esquina de los apartamentos.

Nada tenía que hacer aquella noche ni en los días siguientes, hasta el próximo concierto y Ricardo no contaba ya conmigo después de lo sucedido en S.S.. Le había dado la llave de su libertad y nada tenía que explicarme, ni contar mentiras sobre sus horas de llegar; nada de eso era ya necesario. En realidad nunca lo fue, pero ahora menos. Es más, tampoco me interesaba demasiado lo que hiciera o dejara de hacer si continuaba siendo el buen batería que era, y eso no dejaría de serlo en su vida, fuesen las que fuesen sus apetencias sexuales.

El taxi me dejó donde yo le había pedido, justo en la puerta de una cafetería-pub de la zona de Serrano, cara y de buen gusto, con cierto sabor inglés, cosa que me desagradaba. No era adicto a ese tipo de locales en los que nadie hace caso al artista cuando toca o canta.. Hace el papel de un tocadiscos, con manos y cara, que a nadie interesa y cuando termina lo que para ellos es un trabajo no recibe ni el más mínimo aplauso, y si lo hace resulta aún más lamentable, porque es un aplauso lánguido y descompuesto, sin el menor asomo de admiración o respeto hacia lo realizado. Traspasé el umbral de verde y pardusca madera recibiendo como saludo una bofetada de humo en la cara contra la que mis ojos lucharon hasta adaptarse. El local estaba en penumbra. Creo recordar que la barra se encontraba hacia la izquierda, tapizada en piel. Los taburetes, de madera, tenían los asientos haciendo juego con la barra. Dos camareros, con chalecos escoceses y lazos rojos, la atendían. Parecían conocer a todo el mundo; eran los comodines oficiales de un juego cotidiano entre coñacs, cuba-libres y café irlandés. Ninguno de los dos era Carlos.

Me senté en un taburete e intenté situarme dentro de aquel conflicto entre mesas bajas y lámparas pendulonas rodeadas de humo y luz monocolor; mientras, un pianista intentaba atraer la atención del «respetable» con el paso —mal hecho— de una canción de siempre al ritmo de blues o al de jazz de Nueva Orleans, destrozando así, no sin tesón, ambas cosas.

Vi dos chalecos más de tipo escocés entre las sombras de la sala, pero no creí ver, en ninguno de ellos, a Carlos o, al menos, a mí no me lo parecieron. Pedí un zumo de tomate preparado y, esperando a que me lo sirvieran, intenté preguntar al camarero que me atendía si trabajaba allí un tal Carlos pero, no sé por qué rayos, no pude articular ni una sola de aquellas palabras que en mi cerebro estaban claras y concretas como las seis cuerdas de mi guitarra.

A mi espalda sonó una voz conocida que pedía dos cortados, un cubata de ron Negrita y un irlandés. Me volví rápidamente, girando sobre el taburete, de tal manera que casi le tiro la bandeja que sostenía con la tranquilidad de un equilibrista, al tiempo que se me escapaba un «¡Carlos!».

—No, señor. Carlos está en otro rango, pero tranquilo; todos nos confunden por la voz, la tenemos muy parecida.

Quería que me tragara la tierra. Gracias a que no se podían ver con claridad los colores de las caras; si no, el mío habría sido granate. Le pedí perdón y volví, lentamente, a retomar mi posición inicial, con tanta vergüenza que me pareció que aquel acto duraba todo una vida. Di un sorbo al zumo de tomate preparado y ni siquiera pude notar si estaba o no fuerte; creo que ni la pimienta más negra habría hecho aumentar mi color.

El camarero en cuestión debió de notarme azarado porque, dándome un golpecito en el hombro, dijo con toda la tranquilidad del mundo:

—Señor, si quiere le digo a Carlos que pregunta por él.

—No, gracias —respondí, más por educación que por otra cosa—, ya lo veré; tampoco corre tanta prisa, no es nada urgente. Es que pasaba por aquí y pensé en darle recuerdos de unos amigo que tenemos en común...

Todo eso tartajeé yo sin enterarme de que Carlos ya estaba delante de mí con su eterna sonrisa de niño travieso, los ojos romero y sus manos pequeñas que nunca sabré cómo pueden sujetar una bandeja cargada de comandas.

—¿Qué amigos? —preguntó Carlos.

Yo me quedé callado, como cuando mi padre me cazaba en un renuncio. El otro camarero ya no estaba con nosotros así que, mientras le daba un golpecito en la espalda pretendiendo su complicidad, contesté:

—Ninguno, pero algo tenía que decir, ¿no?

Carlos debió entenderme con toda perfección porque, después de hacerle un comentario a uno de los *camatas* de la barra, me preguntó:

—¿Tienes algo que hacer? A mí me quedan aún tres horas de trabajo, pero si quieres puedo pedir permiso. No hay ningún problema en que lo haga.

—Nada de eso —respondí—, el trabajo es sagrado y yo tengo cosas que hacer —una mentira piadosa para una situación que no entendía—. Si puedo volveré cuando termines, hay tiempo de sobra —dije.

Pagué el zumo, después de tomarme lo que faltaba de un trago, le dije que no se preocupara y salí a la calle con sensación de asfixia. El contacto con el aire fue algo más que un respiro: una solución a la situación que se planteaba, como si me acabara de quitar unos zapatos que me apretasen y el pie entumecido se estirara ocupando todo el espacio posible. Seguía lloviznando y no sabía a dónde ir durante esas tres horas que faltaban para la salida de Carlos. Sin más, me metí en un bingo cercano para pasar el rato. Me senté en una mesa sin fijarme en quién la ocupaba —aunque para eso soy un poco raro—, pero esa noche no me preocupaba.

Después de que el vendedor me trajera los dos cartones que le había pedido, me paré a observar a mis compañeros de mesa. Una señora ya mayor con el pelo blanco y traje de chaqueta color marrón carmelita y dos hombres más o menos de mi edad, uno con bigote y el otro un tanto calvo, repeinado con el esmero del tapatodo, haciendo que cada pelo cubriera lo máximo posible en el mínimo recorrido. Nos cruzamos una mirada de inspección, como siempre se hace, y después dije:

—Perdón, no he dicho buenas noches.

—Es muy normal últimamente —respondió la señora con voz cansada y resignación poco corriente en un bingo, mientras que los dos señores esbozaron una sonrisa y uno de ellos contestó con voz un tanto afeminada:

—Bueno, depende de con quién se pasen ¿no?

—En mi opinión está una noche como para cuatro zapatos debajo de la cama —respondí yo, recordando una frase de mi abuelo que daba a entender que era una noche para pasarla dos personas juntas y bien juntas.

La señora me miró como si acabara de descubrir que yo era un hombre y ella una mujer, solos en el mundo y deseando hacer el amor. Los otros dos personajes se rieron dándose un pequeño codazo. Y, entre ellos:

—Ya que no nos toca el bingo, a ver si tenemos suerte y nos toca otra cosa...

Ni tocó ese bingo ni tocaron otros muchos que se fueron marchando hacia las mesas que nos rodeaban, entre frases de doble sentido de mis compañeros y resignación malsana de mi vieja dama.

Pedí un coñac con coca-cola y dos cartones, preguntándome qué hacía yo en un bingo, qué dirían mis compañeros si me encontraran tachando números como un poseso y en aquella compañía, más digna de una obra de Fellini que de mesa de juego.

Me pregunté también qué hacía esperando a un muchacho al que apenas conocía a la salida de su trabajo, y no pude evitar compararme a un novio tonto enamorado de una camarera.

Casi se me escapa un número y cuando apenas me faltaban dos para cantar bingo, uno de mis compañeros de mesa, el del bigote, soltó:

—¡Bingo!— con voz de tenor que asustó a mi dama blanca y a mí me dejó con los ojos abiertos como platos.

El alboroto fue total y los comentarios de lo más sabroso; uno de ellos fue el punto fuerte para que nuestra recatada dama nos dejara, entre desilusión y desencanto, con un «¡Dónde vamos a parar!» y unas «Buenas noches» de pura cortesía.

Fue el del bigote quien, sin darse cuenta y en la euforia del bingo, dijo a su compañero entre risas y codazos:

—Hoy te pago un chulo.

Me lo tomé a broma y me dejé invitar a los dos siguientes cartones, cosa muy corriente cuando se canta bingo en una mesa.

—Vas a asustar al señor —dijo el repeinado mientras me señalaba con un gesto de cejas.

—No se preocupe —contesté yo—, los artistas estamos acostumbrados a todo —mientras daba comienzo la siguiente jugada.

Canté la línea y lo hice con toda la tranquilidad del mundo, queriendo diferenciarme ante los demás, dando a entender que nada me unía a mis compañeros de mesa excepto ésta y el juego.

—Está caliente la mesa —dije. A lo que el del bigote respondió:

—Si sólo fuera la mesa...

Rieron como dos gallinas cluecas mientras yo me ponía serio porque no me gustó el comentario, ni que todas las mesas de alrededor estuviesen pendientes de nosotros. No me gustaba convertirme en el centro de todas las miradas.

Esperé a que me pagaran la línea y, después de mirar el reloj, comprobé que el tiempo se había marchado tan rápido como las risas de aquellas dos locas que me habían tocado en suerte. Me despedí y salí por entre las mesas del bingo a toda la velocidad posible, como si me escapara de una infección. Ya era coincidencia, Ricardo y ahora estos dos en dos días seguidos; ¡coño!, parece que me seguían.

Había parado de llover pero ya pasaban unos minutos de las doce y desde el bingo a la cafetería o pub donde trabajaba Carlos aún quedaban unos diez minutos andando. No quería llegar tarde, soy puntual en todo pero, más aún, no me gusta hacer esperar a ninguna persona y en esta ocasión menos aún a Carlos, dado que había sido yo quien había ido a buscarlo.

Cuando llegué me esperaba, supongo que desde hacía rato, en un portal cercano al pub y no en la puerta del mismo. Cosa lógica, para no dar explicaciones a ningún cliente que entrara o saliera del local, dado que todos o casi todos se conocían.

—Pensé que no vendrías —dijo, tendiéndome la mano para que se la estrechara—. No tengo coche, ¿y tú?

—Tampoco —dije—, ya sabes que no es mi fuerte el conducir. Tengo carnet por Isa; si por mí fuera no lo tendría.

Al oír el nombre de Isa me miró como si acabara de descubrir que yo era cojo o que me faltaba un dedo de la mano derecha, pero reaccionó tan rápido como una ardilla:

—¿Tu mujer? —y, sin dejar que le respondiera, continuó— me lo imaginaba, era mucho pedir.

—¿Mucho pedir de qué? —pregunté.

—De nada —respondió—, cosas mías. Que soy gilipollas y siempre me comporto al estilo del cuento de la lechera, compro antes de vender la leche y eso nunca sale como uno piensa.

Desde luego yo debía de ser corto de entendederas; ¿a qué venía ahora lo de la lechera? y ¿qué tenía de malo que estuviera casado?

Camino de un bar cercano le expliqué que mi mujer era encantadora y que cuando se conocieran harían buenas migas, sobre todo discutirían mucho, sobre cualquier cosa, al ser los dos unos cabezones de mucho cuidado.

Le conté lo de las dos locas del bingo y no puso muy buena cara; es más, me dijo que cada uno puede ser lo que le dé la gana mientras no ofenda o moleste a los demás. Estuve a punto de contarle lo de Ricardo, pero no le importaba y yo había prometido guardar el secreto y eso haría; lo que sí le expliqué es que nada tengo en contra de los homosexuales, ahora eso sí, siempre me molestaron las mariconas locas, como las llama Ricardo, cosa que entendió y, poco a poco, entre copa y copa, fueron deslizándose los temas más diversos en recuerdo de aquella noche, hacía ya unos años, en que nos vimos por primera vez.

Serían las tres de la mañana cuando yo apunté la idea de despedirnos. No pareció gustarle mucho y estuvimos un rato decidiendo quién acompañaba a quién, en una lucha de edades y razonamientos tontos.

Yo fui el acompañado y durante el paseo hasta la puerta del apartamento, volvimos a hablar de todo; música, pintura, coches, fútbol, tías, tíos, cantantes, músicos... todo y nada, como ocurre con los diccionarios con pretensiones de enciclopedia, que no son ni una cosa ni otra pero adornan lo suyo en la casa de un pedante.

Supe que no tenía veinte años sino veintiséis aunque su cara de niño no lo dijera así; supe también que había estudiado algo aunque no recuerdo bien qué ni cuanto tiempo, pero tampoco importaba.

Cuando llegamos al portal de los apartamentos y ya nos habíamos contado todo y nada sobre nuestras vidas, eran las tres y media de la mañana y no parecía estar dispuesto a que terminara aquella noche. Con su sonrisa de «lo tengo claro» y poniendo cara de pillo malicioso, lanzó una tentativa:

—¿Te molesta si duermo hoy en tu casa?

Aquello me cogió desprevenido; tanto fue así que no supe qué contestar, quedé convertido en una estatua tonta, sin pedestal y sin futura colocación. Cómo sería, que Carlos lo arregló inmediatamente diciendo:

—Era una broma, Rafa. No creerás que quiero dormir contigo. ¡Venga, tío!

Dudé al responder, pero le dije que para quedarse en casa no hacía falta dormir en mi cama y eso lo había comprobado la última vez que ocurrió, e hice hincapié en lo de mi casa y no conmigo, matiz aparentemente tonto pero muy diferenciador en otros casos.

Para esas sutilezas del lenguaje, las mujeres tienen un arte especial, algo que el hombre nunca acaba de captar y desprecia la mayoría de las veces, por eso me quedé un tanto asombrado de que Carlos lo tomara tan directamente y contestara:

—Una cosa trae la otra la mayoría de las veces, pero no en este caso, Rafa. Somos dos hombres no dos...

En ese momento apareció Ricardo bajando de un taxi, con alguna que otra copa y los ojos llenos de estrellitas de amor prohibido, haciendo gala de sus gracias y totalmente fuera de lugar dijo:

—¿Llego demasiado pronto o demasiado tarde?

¡Qué cara me vería! Mi contestación no tardó; un dardo lleno de ira y mala leche:

—Los de tu especie no tienen hora, sólo oportunidades...

Ricardo pasó entre Carlos y yo y, metiendo con dificultad la llave en la cerradura, dijo dirigiéndose a Carlos:

—No le aprietes demasiado, es de los pocos machos que quedan y de los pocos que no nos tienen manía —y mientras decía esto, desapareció en el portal.

Carlos no dijo nada, se encogió de hombros y puso cara de no entender. Yo le dije:

—Déjalo, no pasa nada, son las copas las que le hacen decir tonterías.

Carlos preguntó:

—¿Ese es el que dormía en la habitación el día que yo me quedé?

—Sí —respondí—, es un compañero del grupo, el batería; está separado de su mujer. Compartimos el apartamento y así me ayuda a pagarlo. Es buena persona y nos sale más barato.

No pude continuar mi rosario de explicaciones. Me cortó diciendo:

—Yo le conozco y no sé de dónde ni de qué, pero me suena.

—Y tanto que te suena, es batería.

El chiste no cuajó y la cara de Carlos se transformó en un

gran fichero de biblioteca que pretende localizar un libro ya leído hace tiempo, del que recuerda el tema pero no el título ni el autor, eso fue lo que me hizo saltar el muro y comprender que ellos sí lo conocían, aunque no yo; yo no conocía ni el tema, ni el autor, ni el título de todo aquello, pero aquel «no nos tienen manía» en plural y tan directamente curvo era como una puerta maciza en un chalet al que apenas se acaban de plantar los cimientos, y por la que se atraviesa para entrar y salir.

—¿Quieres quedarte y tomar una copa? —dije mientras le daba una palmadita en la espalda a Carlos.

—No —contestó—, lo de antes era una broma, Rafa. Ya es muy tarde y yo mañana curro, ¿sabes? Uno es un currante.

Quedamos en que yo pasaría a tomar una copa al pub y, después, tomaríamos otra juntos. Una luz verde apareció en la lejanía. Carlos alzó rápidamente el brazo y paró el taxi. Mientras entraba en él y yo acertaba con la llave en la cerradura del portal, dijo:

—No me falles, Rafa. Te espero.

A lo que yo le contesté:

—Sí, hijo, sí, parezco tu padre y el del de arriba, que con el pedo que lleva... Vamos a ver la que me espera. ¡Adiós!, ¡hasta mañana!

Cuando abrí la puerta del apartamento miré a Ricardo sin saber aún muy bien qué debía decir. Estaba apoyado en la puerta de la cocina, con el telefonillo en una mano y una copa de algo, repleta, en la otra. Una pierna haciendo arco con la otra, adoptando la pose de una prostituta a la puerta de un burdel. Descalzo, en bata y con mirada de comadre sabelotodo, entre Celestina y mucama.

—¿Qué haces, Ricardo? —pregunté con toda la inocencia del mundo.

—¿Qué hago? Pues, querido Rafa, intentar descifrar de qué le sueno al mozo de abajo —y, diciendo esto, se pegó un lingotazo de alcohol mientras dejaba la copa pendular en su mano, manteniendo la otra en la cadera.

—De nada —respondí—, ése es el chico que durmió aquí hace tiempo y seguro que te recuerda de verte en la foto del póster del grupo que está en la puerta de la cocina, pero creo que lo mejor es no buscar ahora puntos de contacto entre tú y él. Más bien es hora de acostarse y dejar que el sueño te aclare esas cosas tan importantes, ¿eh, Ricardito? —y mientras decía esto, intenté, con cariño, quitarle el vaso de la mano, pero lo apartó bruscamente, balanceando el auricular con la otra.

—Estos aparatitos son de lo más indiscretos. Parecidos a algunas notas dejadas en los ceniceros, ¿verdad Rafita? —y dijo Rafita con un retintín y una mala leche que me recordó a uno de los del bingo.

—Ricardo, me temo que hoy no fue tu día y me temo también que tampoco ha sido tu noche. Anda, acuéstate y deja de hacer mariconadas que no te pegan. Con esa pinta de tío que tienes, pareces más una caricatura de Stallone que una comadre de *puticlub*.

—¿Qué coño me importa lo que opines, Don Perfecto?

—Anda Ricardo, no te pongas pesadito, hijo, que tú cuando la coges, la coges peleona y hoy no tengo ganas de demostraciones sindicales —y, tomándolo del brazo, intenté llevarlo hacia la habitación.

—Suéltame —dijo, cambiando su mirada hacia la rabia y el asco—. ¡No me toques! Te puedo contaminar. ¿No es eso lo que piensas? ¿No? ¡Claro! El señor se ha enterado de que soy maricón. Sí, maricón, lo digo así porque así es como nos llamáis los que os creéis perfectos, ¿no? Suelta, Rafa, no quiero caridad, quiero respeto y...

No lo dejé acabar:

—¿Respeto dices? Tal como te estás portando ni tú mismo te respetarías si te vieras; eres lo más negativo de ti mismo que he visto. Si te pudieras ver en este momento... ¿Qué digo? Te vas a ver.

Fui hacia el armario del dormitorio y saqué una polaroid, comprobé que tenía fotos y le dije:

—Anda, pon tu pose más favorecida, la de más maricón, como tú dices.

Diciendo esto apunté con la cámara hacia él y un flash hizo que, sin más ni más, Ricardo tirara el vaso en el suelo y rompiera en sollozos, como un crío que se da cuenta de que de nada le ha servido la rabieta. Se echó en mi cuello y susurró un:

—¿Me podrás perdonar?

—¡Eres tonto! —le dije—. Soy tu amigo y con eso debería bastarte, pero anda —y, cogiéndolo por la cintura mientras él apoyaba su mano en mi hombro, intenté acercarlo a su cama. Con la otra mano sujetaba yo la polaroid de la que a punto estaba de caer la foto.

Cayó en mi cama, que era la primera al lado de la puerta y casi simultáneamente sollozó y se quedó dormido en bata. Le tapé con una manta y, mirando hacia el saloncito, dije:

—Hoy me pasa de todo.

Recogí el vaso roto y el alcohol que quedó en el suelo. Colgué el telefonillo de la cocina y me quedé contemplando el póster del grupo. Ricardo no se parecía en nada al batería de la foto.

Recogí la polaroid y la guardé en el armario. Agité la foto con la mano y esperé a que se revelara. Era demasiado deprimente para que la viese nadie. Pensé en romperla, pero luego cambié de parecer y la guardé entre las hojas de un libro que hace tiempo no leo, «Los pájaros perdidos», de Tagore. Eso era aquella foto, un pájaro perdido, un principito sin rosa, un «Momo» sin teatro romano, «Platero y yo» sin yo, la tristeza y lo silencioso en una boda de amarguras acumuladas.

Pensé lo mal que lo había pasado y lo pasa Ricardo, llevando esa doble vida constantemente.

Sin descanso, era una obra de teatro que sólo te permitiera ser tú mismo cuando estás fuera de escena, y la obra durara toda la vida. No quería sentir pena ni compasión, pero la foto era triste. Al acostarme, volví a pensar que Ricardo no se parecía en nada al del póster del grupo.

«Mañana será otro día» pensé, apagué la luz y me quedé dormido.

Por la mañana oí cómo Ricardo se despertaba y me hice el dormido y no precisamente por su sigilo, que parecía querer despertar a todo el vecindario, sino porque no me apetecía reencontrarme con la noche anterior, en pijama y con ojeras.

Esperé a que se marchara y fue entonces cuando me levanté y comencé un día que, en mi interior, nunca olvidaré, aunque por fuera y a la vista de los demás nada ocurriera.

Todos los días, cuando estaba en Madrid, bajaba al bar y tomaba una cerveza, a ver si era cierto que después de una noche de copas asienta el estómago, al menos en lo que al mío se refiere.

Lo presentía; Ricardo me esperaba con cara de circunstancias y con todo un discurso preparado en relación a la noche anterior, discurso al que yo atendí por educación, pero que mis neuronas no registraron. No me apetecía volver sobre el tema; me parecía estúpido, pues ni él cambiaría su forma de ser ni yo mi manera de pensar; sólo, en todo caso, daríamos la nota en un local donde nos conocían y, como Ricardo quería, nos respetaban.

Ricardo, después de un monólogo de casi media hora, entre disculpas y justificaciones, pasando por ataques y defensas, dijo que aquel fin de semana estaría fuera, que necesitaba estar solo y replantearse su forma de vida, que así no podía seguir. Y continuó, leyendo mis pensamientos:

—Tengo que ser valiente, al menos conmigo mismo, ¿no te parece, Rafa?

—Sí, pero por ese momento pasamos todos, tanto homosexuales como heterosexuales, es más cuestión de edad y cultura que de sexo.

Debió parecerle adecuado porque me guiñó un ojo, me puso la mano en el hombro y, apretándomelo con cierto cariño, dijo:

—Qué pena que no seas de los nuestros. Es para enamorarse de ti, cabronazo.

Me encogí de hombros y lo despedí:

—Cuídate, y no bebas demasiado, que no estaré yo con la polaroid, ¡mamonazo!

Me quedé solo en la mesa del bar y después de pagar las dos consumiciones —cosa que Ricardo permitía con frecuencia—, decidí dar una vuelta antes de comer y llamar a algunos amigos que hacía tiempo no veía, y a mi suegra, para saber si tenía noticias de Isa. Miré en el buzón de mi apartamento por si hubiera alguna carta, pero tan sólo había propaganda. Abrí la puerta esperando encontrar a Ricardo haciendo el bolso de viaje, pero ya se había marchado. Arreglé un poco el apartamento y, pensando que Ricardo estaría fuera todo el fin de semana, puse sábanas limpias en las dos camas y eché a lavar las del sofá del saloncito. Revisé la nevera a ver qué tal andábamos de provisiones y miré si la cocina y el baño estaban limpios y si podían pasar; total, el lunes vendría la señora de la limpieza y asunto solucionado. Me arreglé con cuidado y salí a la calle sin saber que ese día sería uno de los que siempre intentaría olvidar.

Todo fue normal: la comida, el café con los amigos en el bar habitual y por la tarde escuché algunos discos que me habían traído de Alemania de un grupo nuevo de jazz. Pasé el día con la calma y tranquilidad que me caracterizan. Cené en un italiano y después pensé en ir al pub donde trabajaba Carlos, a tomar un café irlandés. Me pareció lo más oportuno ya que había quedado con él la noche anterior y sé, por cuenta propia, lo que revienta que no vengan las personas con las que quedas.

Fui al pub y tomé lo que había pensado. Era un excelente café irlandés, en su punto, tanto de whisky como de azúcar moreno, cosa que no en todos los pubs hacen bien.

Seguía con la mirada los pasos de Carlos por el local. Enseguida noté mi indiscreción, así que regresé a mi copa y me concentré en ella. Parecía que hubiera estado espiándolo y sin embargo no era así. Sencillamente contemplaba con sincera admiración su manejo de la bandeja, la soltura con que se movía entre las mesas; parecía un gamo que conociera su terreno, silencioso, ágil y orgulloso, seguro de sí mismo y gastando bromas con una facilidad que yo alababa, porque para esas cosas soy un negado, un auténtico negado.

De cuando en cuando, Carlos, al pasar cerca de mi mesa, decía alguna que otra payasada:

—El señor, ¿tomará algo?

Muchas de las veces consiguió sacarme la sonrisa e hizo que tomara dos cafés irlandeses más, pero él mismo se encargó de no cargarlos demasiado de whisky, cosa que le agradecía, con más alcohol no hubiera podido soportar al pianista una pieza más.

En una de sus pasadas le comenté que me marchaba. Fue como si le dieran una bofetada. Se quedó serio y me preguntó:

—¿Por qué?

Le respondí sin más que me dolía un poco la cabeza y que no era precisamente mi día. Se acercó a la barra, me pidió que esperara un momento y desapareció por una puerta que había al lado. Estaba pagando cuando reapareció por la misma puerta vestido de calle, con un pantalón azul marino, una camisa color rosa palo y un suéter rojo y, en la mano, una bolsa de deportes. Se acercó y dijo:

—Te acompaño, ya lo he arreglado con un compañero, sólo queda media hora de trabajo. Otras veces lo he hecho yo por él cuando ha quedado con la novia.

Yo me reí y respondí:

—Pero, Carlos, yo no tengo edad ni sexo para ser tu novia. Es más, es lo que me faltaba a mí esta semana para acabar de rematarlo, ¿sabes, *Pitufo*?

Carlos se echó a reír y, dándome una palmada en la espalda, contestó:

—¡Abuelo, no te pases!

Al salir, Carlos hizo ademán de parar un taxi, pero yo le bajé la mano alegando que un paseo no me vendría mal para el dolor de cabeza y la noche no era mala para pasear. Así lo hicimos, como dos compañeros de mili que tienen pase y no tienen prisa, con el paso lento y una conversación tan intrascendental que apetecía continuarla un rato más. En esos momentos recordé los paseos con Isabel en nuestra época de estudiantes, cuando unas cañas de cerveza y unos boquerones eran el sueño dorado de un aperitivo, y no digamos unos calamares cerca de la Plaza Mayor. Mientras estos pensamientos recorrían mi mente, Carlos, sin más ni más y sin venir a cuento, observó:

—¿Sabes que te quedan muy bien las canas, Rafa?

Desperté del sueño de mis recuerdos y sonreí. Le dije que las canas eran una belleza que los años te regalaban en contrapunto a todo lo que uno ha dado.

Carlos me miró y siguió:

—No sabía que también eras poeta. Caray, tío, eres una de esas cajas que tienen de todo. ¿Cómo se llaman?

—De Pandora —respondí sin darle importancia, y seguimos hablando de todo lo que la gente no habla cuando quiere hacerse la interesante.

Casi sin darnos cuenta aparecimos en la puerta de los apartamentos.

—¿Estará tu amigo Ricardo arriba?

—No —respondí—, pasará fuera todo el fin de semana pero, ¿por qué lo dices?

—Por nada; es que no acaba de caerme bien y prefiero no molestaros siendo, como sois, amigos.

—Si es por eso puedes estar tranquilo. Nuestra amistad no corre peligro con tu visita. Si alguna virtud tengo es la de ser amigo de mis amigos en todas las circunstancias; al menos por ahora lo he cumplido.

Dicho esto le pedí que subiera y se tomara una copa. Ya que me había acompañado no era plan de dejarlo en la puerta sin invitarle a algo y, además, me tocaba a mí ser el camarero. Por eso, ya dentro, le pregunté con cierto cachondeo:

—¿El señor desea tomar algo?

Carlos me miró con aire de lord inglés y respondió:

—Rafael, el señor tomará lo de siempre.

Y siguiendo la broma me puse un delantal —de hule, con un dibujo imitando un chaleco con camisa y pajarita de lo más gracioso, que me había regalado Isabel— y, con una bandeja en la mano y un paño de cocina en la otra, le serví un whisky y yo me puse un coñac.

Sentados los dos en el sofá nos pusimos a reír y a gastarnos bromas, contándonos chistes de camareros, luego de borrachos, de monjas y curas, de putas y maricones, etcétera, como siempre que se cuentan chistes y aparecen las copas por el medio; porque entre chiste y chiste, si no servía él era yo el camarero, entre broma y broma, copa y copa...

Después de un chiste que no recuerdo, espontáneamente puse mi mano derecha sobre su cabeza y, después de moverle el pelo como si intentara despeinarlo, le arrimé hacia mí y le apreté contra el pecho y el hombro como si quisiera estrujarlo. Al darme cuenta de lo que había hecho y, como si fuera un pecado horrible, lo solté enseguida.

Carlos levantó los ojos y, peinándose con los dedos, dijo:

—Por mí no te cortes, no me molesta, Rafa...

Antes de que terminara, apuré la copa de coñac y, tras tomarme un respiro, le pedí disculpas, esgrimiendo el arma de que para mí era como un hijo; y yo mismo lo tomé así, tan normal, igual que la noche en que se quedó en casa y lo tapé cuando dormía. Carlos ni se inmutó y, pasando la mano derecha por mi sien izquierda, comentó:

—Rafa, que no es para tanto. Una caricia no le molesta ni a un perro y menos a un ser humano; y si a mí no me molesta, ¿por qué te comes el coco, eh?

Dicho esto, se echó hacia su esquina del sofá, me quitó la copa de la mano y, cogiéndome de ella, me hizo recostar en una de sus rodillas:

—Rafa, me temo que, efectivamente no estás en forma; hoy no es tu día. Anda, descansa, y dentro de un rato te abro la cama y duermes, ¿vale?

No quiero poner la disculpa de las copas, no vale en este caso, ni quiero recurrir a la consabida soledad. No. Sería ridículo no admitir que me encontré a gusto, como hacía tiempo no lo estaba. Dejé caer la cabeza en su regazo y que Carlos jugara con el pelo de las sienes contando canas. Sí. Estaba bien. Tranquilo, sin nada en la cabeza; ése era el problema, la nada tranquila de la nada.

Ignoro el tiempo que pasó ni qué hora era, pero desperté en mi cama, entre las sábanas limpias, en calzoncillos y con la boca seca, la cabeza abotargada y un rayo de sol que me estaba dando en los ojos.

La cara de Carlos apareció ante mí como la de un gigante o cabezudo de las fiestas de los pueblos, con una sonrisa en los labios y actitud de enfermera diligente:

—¿El señor ha dormido bien?

Sacudí la cabeza y, automáticamente, me incorporé en la cama para volver a caer sobre la almohada, como un vulgar saco de patatas. Carlos levantó las sábanas de un tirón, me cogió de un brazo haciendo fuerza para levantarme y pronunciando una larga perorata sobre la ducha fría y sus mágicos resultados en casos como éste.

Medio atontado aún, dejé que me guiara hacia la ducha. Abrió el grifo del agua y cerró las cortinas del baño:

—Don Rafael, la ducha está servida.

El agua recorría todo mi cuerpo de la cabeza a los pies, y era como si el cristal de mi cerebro se fuera esclareciendo a través de pequeños regueros de luz que cada gota dejara al resbalar por él. Tanto fue así que, en un momento, saqué la cabeza entre las cortinas del baño dibujando una gran uve con las dos manos para ver si era verdad lo que mi cerebro me daba a entender, y grité:

—¡Carlos!

—¿Sí? —me respondió desde la cocina, y apareció inmediatamente su silueta en la puerta del cuarto de baño.

—Entonces es verdad, ¿estás ahí?

—Claro —respondió él—. No voy a ser la Virgen de Lourdes, ¿no? La cogiste buena, ¿eh, macho? Anda, termina de ducharte y tómate el café que se está enfriando.

Cuando salí de la ducha, después de secarme bien y de ponerme el albornoz, me lavé los dientes con cuidado, contemplándome en el espejo entre despistado y perplejo, como si me despertase de un viaje que no conocía pero que había hecho. Cuando salí al saloncito me percaté de que Carlos se había puesto mi bata de seda con dibujos de cachemir, regalo de mi suegra, y descalzo, con el pelo mojado, pero peinado, con una taza de café en la mano y la cafetera en la otra, me decía:

—Señor, el café está servido y se lo tiene que tomar, ¿entendido, señor marqués?

Pues no, no entendía nada. Tomé la taza de su mano y me quedé mirándolo a los ojos, queriendo encontrar alguna respuesta a los cientos de preguntas que me hacía para mis adentros.

El sol, penetrando por la ventana del fondo, forzaba un contraluz, entre la ventana, él y yo, que hacía más difícil el verlo.

Me senté en el sofá y dejé la taza vacía en la mesita que tenía enfrente, al tiempo que me cerraba el albornoz con un recato poco corriente en mí, acostumbrado a andar desnudo por la casa al salir de la ducha, aún estando Ricardo en casa, cosa que le valía para gastar bromas sobre mi virilidad y mi capacidad procreadora.

Carlos se acercó y despeinándome con la mano, me dijo:

—No pongas cara de monja, que no ha pasado nada.

¿Qué quería que hubiera pasado?, no comprendía lo que quería decir. Una copa me había caído como un tiro y nada más. Pero si él estaba allí y en bata, es que había pasado allí la noche. Me levanté y comprobé que la cama de Ricardo estaba deshecha. Al volver al sofá, Carlos me miró interrogativamente. Y enseguida aclaró:

—Sí, he dormido aquí, no iba a dejarte solo con el pedo que tenías; además, con lo cariñoso que estabas anoche. ¡Como para irse de putas!

—¿Cariñoso? —pregunté con asombro.

—Sí, cariñoso. Parecía que fuera tu hijo. Te quedaste dormido en el sofá, apoyado en mí. Lo último que dijiste antes de caer rendido fue que tenía que conocer a Isa, tu mujer. Cuando te quité la ropa para acostarte me diste un beso y las gracias por quererte.

—¿Que yo te he dado un beso? ¿Dónde?

—Rafa, eso qué tiene que ver, estabas tocado y nada más.

Ciertamente extrañado insistí de nuevo:

—¿Un beso? ¿Dónde?

Carlos me contó que me tenía cogido por la cintura y que mi brazo izquierdo pasaba por encima de sus hombros cuando, en ese momento, torcí la cara y mis labios coincidieron con los suyos. Después le había dado las gracias. Eso, nada más. Me quedé igual que si acabara de ver a un tren pasar a toda velocidad por el andén de una estación de paso, sintiendo el enorme vacío que queda tras él y que dura sólo unas décimas de segundo, hasta que el tiempo y el aire recuperan el espacio robado.

Eran las dos de la tarde. Pretexté una cita para comer con unos amigos a los que no podía fallar. Lo entendió perfectamente y quedamos en vernos esa noche en el pub.

Ya nos marchábamos cuando Carlos, al pasar por la cocina a recoger algo, miró el póster del grupo.

—¿Es el grupo en el que tocas?

—Sí —respondí.

—Pues no os parecéis en nada a los de ahora, ¿verdad?

Verdad, ninguno nos parecíamos, pero menos que nadie Ricardo.

En el portal volvimos a despedirnos y ya al salir, con mucha chanza:

—Rafa, no te coloques, que luego vas besando a la gente por ahí.

Añadió a esto una palmada en la espalda.

—Hasta la noche —dijo, y desapareció en el interior de un taxi.

A Rafa, el mejor guitarrista de jazz del último festival de S.S., esa mañana empezó a desafinársele la guitarra por primera vez en su vida.

PASÉ LA TARDE
DANDO VUELTAS SIN RUMBO FIJO

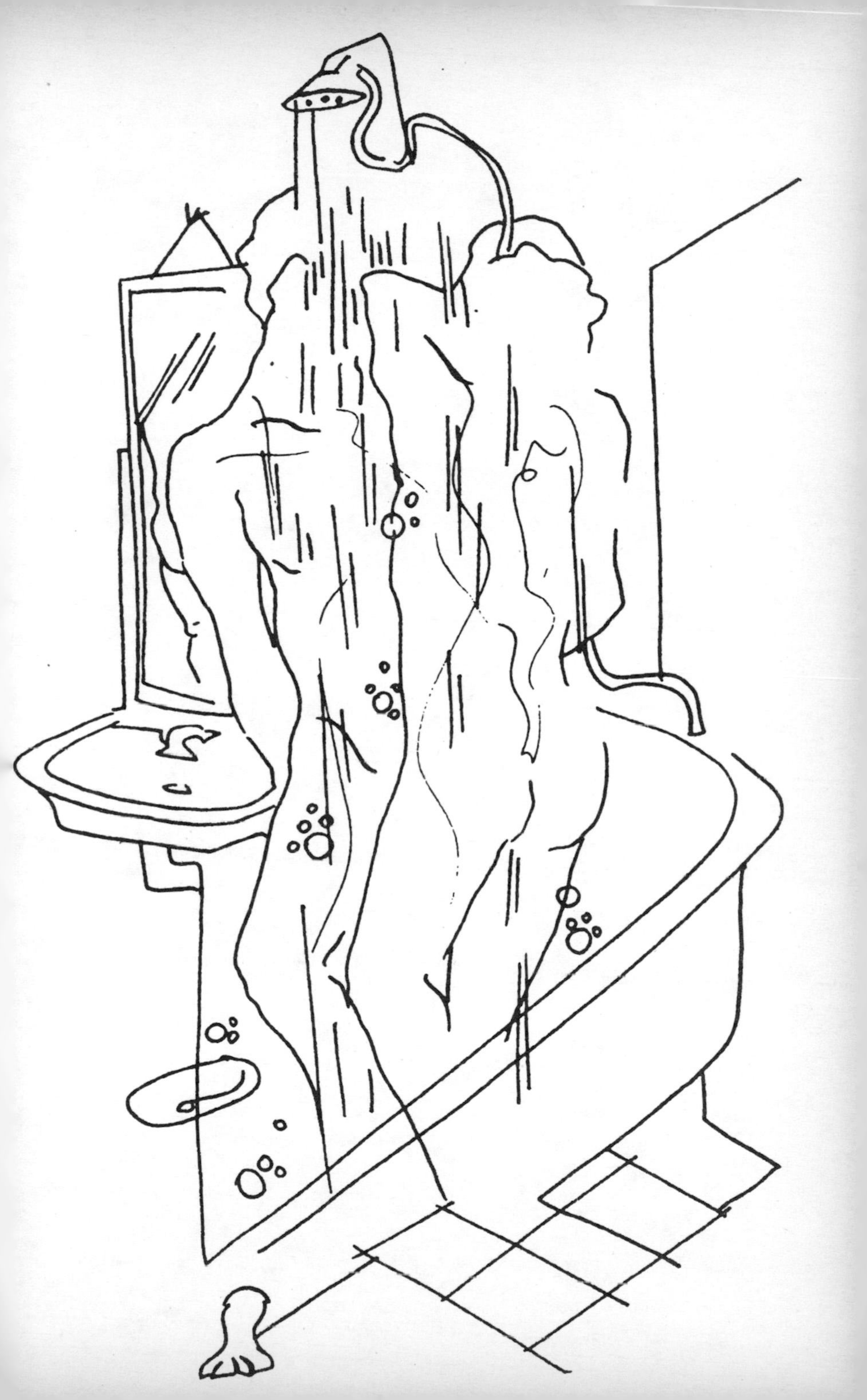

Pasé la tarde dando vueltas sin rumbo fijo. Miraba a los hombres que pasaban y quería someterlos a una encuesta a todos, en la calle, en los bares donde entraba, en los grandes almacenes, por todas partes; la pregunta sería siempre la misma: ¿le daría yo un beso a alguno de ellos aún estando con copas?; y la respuesta fue siempre la misma: no, un no rotundo y lleno de asco, un no lleno de seguridad, del que no cabía duda alguna. Era un no que me salía del estómago, visceral y definitivo. Entonces, ¿qué me había pasado con Carlos?, ¿qué tenía él o qué es lo que me hacía comportarme de aquella manera cuando él estaba presente? No podía responderme, no conocía la respuesta, no la encontraba. Fui andando por la Gran Vía y luego por Recoletos para hacer tiempo. Tomé una copa en un café de los alrededores. Seguí buscando en todas las personas a las que miraba, esperando encontrar quizá a través de ellos una respuesta a mis preguntas, pero nada; era gente de lo más normal, tanto ellos como ellas, y ni unos ni otros podían aliviarme.

Serían las once de la noche cuando salí de allí y empecé a andar hacia el apartamento, sin prisa, pensando en todo lo sucedido.

Había decidido tajantemente no ver a Carlos y, aunque me

daba cuenta de que era una ridiculez y de que estaba haciendo una duna de un grano de arena, no podía evitarlo. Sabía que no había ocurrido nada que pudiera reprocharme y que, por tanto, quedar mal con el chico no era más que un recurso improvisado para escapar de mí mismo. Era capaz de desarrollar la objetividad suficiente para juzgar mi estupidez desde fuera, pero sin embargo seguiría siendo víctima de ella: no iría. Y enseguida encontré más argumentos de apoyo: ya estaba bien de copas y además no quería que Carlos pudiera notar que andaba pensativo y menos aún que supiera el motivo, por lo que me dije a mí mismo que la decisión estaba bien tomada.

Cuando llegué al apartamento me encontraba cansado; se juntaba todo: la resaca, la caminata y la «comida de coco», como dicen los modernos, que me había montado con lo de Carlos.

Me desperté sobresaltado. Estaba en el sofá y sonaba el timbre del teléfono. Cogí el auricular y miré el reloj. ¡Las tres!, me había quedado dormido frente a la tele.

—¿Sí? Dígame —contesté atontado.

—¿Te pasa algo?

—¿Quién es? —respondí.

—Carlos, ¿quién va a ser? Me tenías preocupado y, al no venir como habíamos acordado, pensé que no te encontrabas bien.

—No, me encuentro perfectamente; lo que pasa es que no me apetecía salir y no tenía el número del pub para llamarte.

Precisamente en ese momento me di cuenta de que, en el cenicero de la mesita, había una caja de cerillas del pub. Por lo visto Carlos también las recordaba porque justo al instante así me lo señaló. Me disculpé, alegando que no las había visto.

—Ya, no te preocupes, no tiene la menor importancia —y siguió—. Hace rato que he terminado y me gustaría verte.

—Es que estaba completamente dormido.

Su tono de voz había cambiado por completo cuando dijo:

—Perdona. Si te molesto o tienes compañía, me lo dices y sin problemas.

—No, Carlos, no me molestas. La única compañía que tengo es la de mi resaca y no creo que necesites que te la presente, ya os conocéis de ayer.

Se rió. Se reía mucho este chico. Y sin más consultas a mi parecer dio por terminada la conversación:

—Paso a recogerte.

Y colgó.

Reaccioné enseguida y, cogiendo las cerillas del pub, marqué el número y esperé. Me contestó la voz de un hombre. Cuando pregunté por Carlos me dijo que ya se había marchado y que el domingo descansaba. Le di las gracias y me dispuse a esperar a que viniera, ¿qué otra cosa podía hacer?

Pasaron unos diez minutos en los que cruzaron por mi cerebro todas las fórmulas posibles para evitar el salir y que Carlos se marchara a su casa. En eso estaba cuando sonó el telefonillo de la cocina. Salté como si no lo esperara. Era Carlos, apreté el botón y esperé en la puerta para abrirle sin que llamara. Ya era tarde y no me gusta que los vecinos se molesten. Aunque era posible que ninguno estuviera en casa un sábado a esas horas.

Por la mirilla lo vi salir del ascensor y abrí la puerta. Al entrar me dijo:

—Hola Rafa, ¿te pasa algo?

—No —respondí.

Cerrando la puerta, me pasó el brazo por la espalda como si fuéramos dos amigos de toda la vida. Me sacudí con un gesto y Carlos, en lugar de quitar la mano, me apretó con ella en el hombro y dijo:

—¿Estás nervioso?

—No —respondí—, es que tengo calor y además no ando muy allá, que digamos, con lo de anoche.

Dejó su bolsa sobre la mesita del salón y se sentó en el

sofá. Me contaba la faena que habían tenido aquella noche y que no se pagaba lo que trabajaban y que tenían que aguantar más de un cliente listillo. Yo le atendía como si estuviera en otro mundo, buscando, entretanto, una disculpa para que se marchara; aunque no me molestaba su presencia ni su charla, quería que se marchara. Deseaba seguir estando solo.

En un momento dado debió de percatarse de que no le atendía y, zarandeándome por el brazo izquierdo, dijo:

—Rafa, baja —hizo una pausa y añadió—: ¿Qué, aún te dura?

—No —respondí—, es que estaba pensando en otras cosas.

—Ya lo veo; si quieres me marcho, parece que molesto.

—No —y de repente—, sí. Perdona, no sé lo que digo. Estoy algo atontado. Me había quedado dormido aquí y aún no me he despertado del todo.

—Abuelo, que no aguantas nada —se burló cariñosamente mesándome la cabeza y cogiéndome por la nariz.

—¿Abuelo yo? Lo que pasa es que me has cogido en un mal momento, sino verías cómo el abuelo que tú dices te daba una lección de aguante y marcha.

—No será hoy —siguió burlándose Carlos.

—¿Y por qué no? —respondí—. Ahora mismo me ducho y vas a ver lo que vale un peine, nietecito.

Me fui al baño con la decisión de un cruzado en el primer mes de camino a Tierra Santa. Mientras me desnudaba, Carlos mencionó que al día siguiente no trabajaba, amenazándome con un «Te puedes ir preparando». Estaba yo aún en la ducha, enjabonado y a punto de quitarme la espuma de la cabeza y del cuerpo, cuando asomó Carlos a la puerta, en *braslip*, y queriendo saber si, con mi permiso, se podía duchar. Le contesté que esperara a que terminase yo, pero ya era tarde, se había quitado el *braslip* y estaba dentro, gritando que aquello parecía la mili, al tiempo que me hacía cosquillas y me quitaba el jabón del pecho. Tenía la ducha de teléfono en la mano y la dirigía hacia mis partes.

—Mira, el abuelo, qué bien armado está.

Y con la otra me tocaba los testículos.

—¡Estate quieto, coño! ¡tócate los tuyos!

—Tampoco servidor está corto de material, ¿sabes, abuelo?

Y, diciendo esto, cogió mi mano y la llevó hacia sus testículos. Inexplicablemente la dejé donde él la había puesto.

—¿Y ahora qué? —dije mirándole directamente a los ojos.

Ni se inmutó. Por el contrario siguió con su cachondeo.

—No me digas que no se lo has tocado nunca a nadie.

Retiré la mano como si de repente me hubiera dado un calambre y, saliendo acto seguido de la ducha, le increpé:

—No, nunca, yo no soy maricón —y le lancé una mirada inquisitoria como queriendo saber si él lo era.

Carlos dejó la ducha y, tomando la otra toalla, mientras se secaba, me pidió que lo perdonara, que sólo era una broma y que eso, entre tíos, era de lo más normal. Siguió con que en la mili eran habituales esos cachondeos. Se recolocó la toalla en la cintura del mismo modo que yo y, situándose detrás de mí, frente al espejo, apoyó la mano derecha en mi hombro y continuó:

—Rafa, perdona, no quería que te enfadaras, pero tampoco es para ponerse así. Sólo era una broma entre tíos y además lo que te he dicho es cierto, no lo aparentas cuando estás vestido. Pareces un atleta, tío.

—Bueno, bueno, sin exagerar —repliqué—, lo que pasa es que de joven hice deporte y ahora me cuido un poco porque Isa me lo pide. Opina que los tíos tenemos que cuidarnos como ellas, que, si no, nos ponemos como focas y no hay dios que nos haga un favor.

—Las mujeres para eso son muy especiales, si lo sabré yo —dijo con toda naturalidad.

Aparentemente había olvidado ya lo sucedido. ¡Vaya cachazas!

—¿Tú? —respondí—. No me digas que a tu edad ya eres experto en mujeres.

—Tanto como un experto... no, pero tampoco me chupo el dedo. Es más, y aunque todavía no te lo había contado, he tenido una novia durante este tiempo en que no nos hemos visto y, además, muy guapa. Lo que pasa es que lo dejamos. Me «comía mucho el tarro» y no estoy yo en edad de complicarme la vida, ¿no crees?

—Hombre, tampoco eres un bebé. Yo a esa edad conocí a Isa en la facultad, y mira, no me ha ido tan mal. Pero dejemos el tema ya y prepárate, que la noche empieza.

Salimos del apartamento. Serían las cuatro de la mañana y, si he de ser sincero, hacía años que no salía a esas horas por Madrid, pero Carlos era un cicerone de primera en lo que a locales nocturnos se refiere y no hizo falta recurrir a las barras americanas ni a los locales de ambiente dudoso para pasar la noche. Todo fue cosa de él, que, en un momento determinado, comentó:

—Abuelo, tranquilo, que no te voy a meter en ningún fregado.

Y, efectivamente, fuimos a muchos sitios de cenas y bocatas, e incluso a discotecas, entre copas y humo, pero todo dentro de un orden. La noche se pasó volando. Al salir de uno de los locales, el día me dio en la cara. Nuestras caras cambiaron instantáneamente. Habían sonado las doce campanadas de Cenicienta. Ya no parecíamos dos gnomos soñadores en una noche de verano, no; volvíamos a ser un par de zombies ojerosos que no podían con su alma. Sin mediar palabra paramos un taxi y, tras despedirnos de unos amigos que Carlos había encontrado, fuimos en dirección al apartamento. Durante el trayecto, Carlos, que aún tenía ganas de bromear, admitió que sí, que era cierto lo de mi aguante y que si tomábamos una más el que caía era él. Pero yo creo que lo decía para darme ánimos y borrar las asperezas con que empezó la noche.

Cuando llegamos al portal, distraído buscando las llaves,

no me di cuenta de que Carlos había pagado al taxista y lo había despedido. Al oír el golpe de la puerta del coche levanté la vista y ahí estaba mi jovencito, de pie en la acera, obviamente sin intención de irse a su pensión. No me importó gran cosa. Estaba recordando aquella noche otros tiempos felices, la época en la que yo era un mozo despreocupado y nocturno.

Cuando entramos en el apartamento, serían las nueve de la mañana. Estábamos cansados como monos y, parece mentira, todavía teníamos ganas de hablar; parecía que nos habían dado cuerda. Ni siquiera le pregunté si se quedaba a dormir, lo di por sentado. Estaba cepillándome los dientes y el pelo cuando oí a Carlos tranquilizando a alguien por teléfono. Le decía que no se preocupara, que estaba conmigo, que no comería en casa. Finalmente tras un «No se preocupe», colgó.

No me dio oportunidad de preguntarle; antes de salir del cuarto de baño ya estaba Carlos en la puerta explicándome que había llamado a su patrona para que no se preocupara al ver la cama sin deshacer, y que ella le había comentado que si estaba conmigo que se quedaba tranquila, que ya me conocía y que parecía ser buena persona.

Bajamos la persiana de la habitación y desconectamos el teléfono.

—Deberíamos dormir todo lo que podamos. ¿No te parece, nietecito?, ¿o todavía tienes ganas de copas?

—¡No, no! Por hoy ya basta. Es admirable tu aguante. Yo estoy roto.

Viéndolo desnudarse mi mente me devolvió a aquella primera noche en mi casa, hacía ya algún tiempo. Noté que su cuerpo había adoptado formas más viriles desde la última vez.

Se metió en la cama de Ricardo.

—Buenas noches —susurró con los ojos ya cerrados, y se durmió con la rapidez de un lirón en tiempo de reposo, dejándome con la palabra en la boca.

Le miré por última vez con ternura y, dándome la vuelta,

apagué la luz de la mesilla y, después de respirar profundamente y soltar un «¡Ay!» largo y cansino, me dije para mis adentros: «Rafa, ya no estás para estos trotes».

LA LUZ DE UN CUADRO DE REMBRANDT

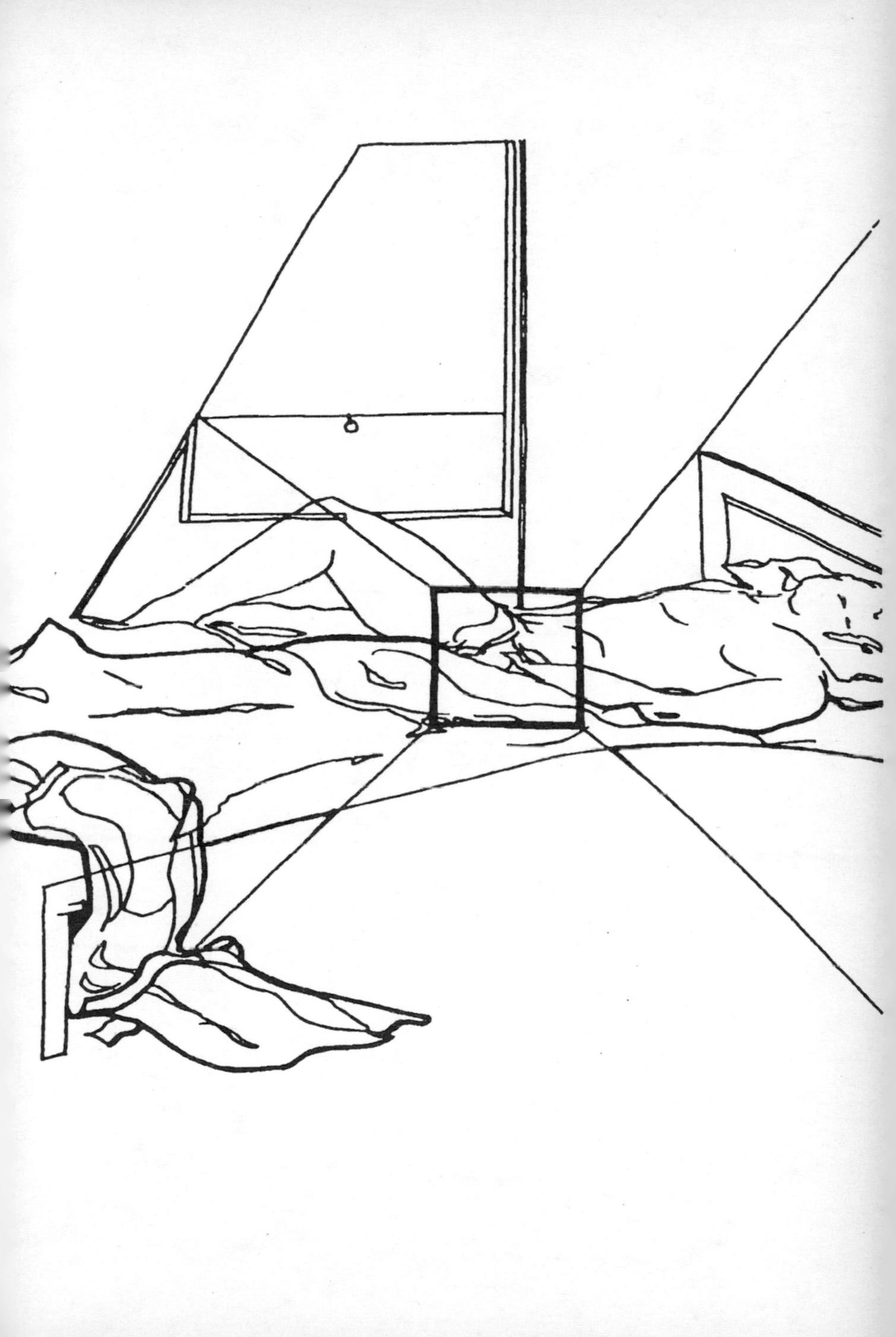

La habitación estaba iluminada con la luz de un cuadro de Rembrandt, esa penumbra suave y tranquilizadora que sostenía entre sus luces el misterio de un bosque en otoño y la pesadez de un día húmedo en una noche cubana. Sólo el respirar lento y tranquilo de Carlos rompía el silencio.

Sentado en mi cama contemplaba con cierta ansiedad su cara y su torso desnudo marcando el compás de su respiración, resaltando aún más sus formas. La luz de la habitación, entre penumbra, destacaba el color canela de su piel bronceada por el último verano.

El pelo revuelto, una mano en el estómago y la otra dejada caer al azar, cerca del cuerpo, contribuyendo a que la sábana insinuara su silueta; las piernas ligeramente abiertas y el rostro, el de un niño que sueña con algo hermoso, esbozando la sonrisa de una travesura que está a punto de empezar.

Me levanté y me senté a su lado recorriendo con mi mirada todo su cuerpo a medio destapar, con la sensación de quien observa un hermoso cuadro en una exposición, intentando distinguir cada una de las pinceladas que dio el pintor, haciendo notar bajo el barniz todas las irregularidades que la masa de pintura deja.

Fue un recorrido lento y gozoso, pues a medida que mis

ojos se posaban en un punto nuevo de su cuerpo, mi cerebro lanzaba miles de estímulos y mis manos peleaban con ellos en un intento de no lanzarse a tocar todo lo que aquéllos descubrían.

Esperando que no despertase nunca, empecé a jugar con su pelo, con mi mano derecha, dándole celos a la izquierda, que dejaba escapar un río de sudor caliente sobre mi rodilla. Y yo, inconfesadamente, disfrutaba con este itinerario prohibido.

Dejándome arrastrar por mi otro yo, lo dejé hacer. Fue él, el otro, el que guió la mano que empezó a recorrer su cuello y sus clavículas; camellero que se dejara deslizar por las dunas del desierto en búsqueda del oasis. Aquello que empezó siendo sólo un dedo, dejó que los cinco fueran jugando con aquel fresco y joven torso, como un escultor con su arcilla, como los dedos del ciego que a través del tacto van no sólo descubriendo lo que tocan, sino recogiendo todas las sensaciones que las superficies le ofrecen durante su recorrido.

El vientre era un pequeño valle fuerte y sereno, la mano parecía apoyarse en un mar tranquilo que se dejaba llevar por el ritmo de su respiración. Mis dedos tropezaron con los suyos y, como si al contemplar a un dios griego sobre su estatua de mármol éste se moviera para coger tu mano, así guió él, lentamente, la mía hacia sus muslos, queriendo que fuera ella la que tomara su preciado tesoro.

Quedé sujeto a él, un alfiler preso a un imán. Mis labios buscaban los suyos con necesidad y se aferraban a él como a la última tabla de un naufragio. El mundo entero se detuvo en aquellos momentos que parecieron una eternidad, el sudor fluía como un río entre montañas, entre montañas que se derretían ante un sol abrasador. La diosa Siva intentaba con sus brazos estrujarnos uno contra otro, en un sacrificio de ritual hindú donde el amor se paga con la muerte.

Creí que me ahogaba. El ritmo de los latidos de mi corazón se iba haciendo más rápido y continuado. Pensé que todo podía acabar en aquel momento y que no me importaba. Cuando creí que no podría resistir más tiempo la presión de las venas que, con la fuerza de una presa rota, anegaban mi garganta, desperté. Carlos me zarandeaba por los hombros con expresión verdaderamente preocupada.

—Rafa, por Dios, despierta, ¿qué te pasa? Di algo, Rafa, di algo.

Empapado en sudor, con el corazón a cien y las sábanas mojadas y revueltas como si hubiera librado una batalla a vida o muerte, intenté volver a la realidad. Carlos, sentado en mi cama, me miraba en espera de una explicación a todo aquello.

—No sé qué me ha pasado —dije—. Estaba soñando cuando, al zarandearme tú, me he despertado, pero no recuerdo nada. Estoy empapado. ¿Con qué pelea estaría soñando? ¿No decía nada? ¿Has oído algo, Carlos?

—No —respondió—, no hablabas; sólo jadeabas como cuando uno hace el amor con otra persona, pero muy excitado y sudoroso. Tanto es así que yo, que dormía tranquilamente, me he despertado asustado pensando que te pasaba algo. Me preocupaste, ¿sabes?, pero pienso que si era tu mujer la que en el sueño te producía esa ansiedad, hay que reconocer que tiene que estar de rechupete, ¿eh, Rafa?

Callado, me sequé el sudor con el pijama y fui hacia la ducha, como respuesta a una necesidad vital. No sabía ni el tiempo que había pasado ni estaba mi cabeza para preguntas. Me di una ducha larga y fría empleando en ello todo el tiempo del mundo.

Por fin salí.

—Rafa, son ya las dos y media, ¿no crees que deberíamos salir a comer algo?

Asentí mudo.

Me vestí y me senté en el sofá del saloncito a esperar a Carlos. Intenté recuperar el sueño de aquella mañana, queriendo saber fría y tranquilamente si era cierto lo que mi mente se negaba a aceptar, si era fundado el temor que durante estos últimos días me había invadido y yo apartaba de mí arguyendo que eran prejuicios y estupideces sin sensatez. Había sido Carlos y no Isa quien me había provocado aquel sueño nuevo y difícil. Era él, sabía perfectamente que era él el protagonista de esta mala pasada freudiana: un juego del subconsciente como válvula de escape para mis frustraciones como padre, o una reacción alérgica ante el descubrimiento de la homosexualidad de Ricardo. Algo debía ser, pero no yo. El yo más íntimo se negaba a concebir en mí la posibilidad de que hubiera sentido deseo por un hombre, en este caso Carlos; eso es lo que bajo ningún concepto podría jamás asimilar. ¡A mí, que esto me estuviera ocurriendo a mí, rozando como estaba la barrera de los cuarenta!

Cuando Carlos apareció ya vestido y aseado, sacudí la cabeza espantando las ideas que me acechaban. Al mirarlo, nuevamente intenté protegerme y pensé para mis adentros que no podía ser. No era él el protagonista de mis sueños y, desde luego, no el de éste.

Salimos sin rumbo fijo y sin saber en dónde comer, pero tampoco importaba. Carlos, por su lado, seguía con las bromas:

—Debes de ser una fiera haciendo el amor. Tal y como soñabas, la tía que te tenga se lo debe pasar bomba, ¿no, Rafa?

—Mira, soy de lo más normal.

La tarde transcurrió lenta y pesada pero sólo para mí. Carlos disfrutó como un enano con la comida, en el cine y del paseo. Todo le hacía sentirse nuevo, vivo, con fuerza para comerse el mundo. Yo iba, sin embargo, sumergido en mi calvario personal, del que no vislumbraba escapatoria. Uno de mis *yoes* acababa de asomar a un mundo nuevo; el otro llamaba estúpido y ridículo al primero y, apelando a la sensatez y las buenas costumbres, lo ganaba de nuevo para su terreno. Estaba seguro de que si se lo comentaba a Isabel se partiría de risa, con lo que presumía ella ante sus amigas de mi capacidad amatoria, seguro que, después de hacer el amor una vez más, diría: «Pues hijo, si esto es ser maricón, me apunto a ese partido».

Sí, seguro que así reaccionaría Isa, pero de momento el barquito de vela navegando a la deriva sin cabos y sin timón era yo. Yo era quien iba directo hacia la escollera.

Me despedí de Carlos, serían las diez y media, con el pretexto de la llegada de Ricardo, quedando en que ya lo llamaría o pasaría por el pub, pero advirtiéndole que, si no lo hacía, no se preocupara, que no ocurría nada.

Cuando llegó mi compañero de apartamento, me encontró ya acostado. Me había tomado una pastilla para relajarme y así poder dormir con tranquilidad y sin más sueños. Además, si las copas me habían afectado de esa manera las noches anteriores, a eso ahora se añadía la intranquilidad que la presencia de Carlos me había suscitado, esa inseguridad que me envolvía, tan peligrosa como alarmante. Algo se había despertado en mí; no, despertado no; decir despertar significa asumir que ya existía pero que dormía, y eso no era cierto, sin autorización, consentimiento ni participación alguna de mi parte. Crecía en mí bajo la forma de una víscera hambrienta que pedía y pedía. De nada servía ignorarla; ella misma se proveía robando de ti el sueño, la tranquilidad, los momentos de reposo, el sosiego de tus comidas y el de tus puntos de referencia. Esta víscera fagocitante ejercía en mí sus tempestades, lanzando con furia a un yo contra otro. Descaradamente a favor de uno, me abandonaba a mi suerte detrás de cada embestida. Sin fuerzas para rescatar a mi parte moribunda; así quedaba yo, tirado en la orilla de la noche.

Por eso tomé aquella pastilla, aquella vez la primera y luego compañera de tantas noches, hasta que supe dormir con «el otro» sin pelearme. No sabían ellas, las pastillas, aquella noche que, desde entonces, serían asiduas de mi neceser de viaje y de mi botiquín casero.

ME DESPERTÉ RELAJADO
Y MUCHO MÁS TRANQUILO

Aquel lunes me desperté relajado y mucho más tranquilo. Me hice la ilusión de que había retornado a mi estado habitual. Incluso creo que estaba guapo y todo. Seguramente porque para mí el dormir es fundamental. Soy de esas personas a las que el no dormir las saca de quicio y les crea mala bilis; pero ese día era todo lo contrario, estaba de buen humor y, como dije antes, me encontré guapo ante el espejo cuando me afeitaba. Fue precisamente en ese momento cuando vi a Ricardo que, apoyándose en el quicio de la puerta, me preguntó:

—¿Qué tal el fin de semana, Rafa?

—Bien —respondí—, ¿y tú?

—¡Bueno!, pudo pasar y por pasar pasó de todo, ¿sabes?

—No, claro que no sé. Cuenta.

—No pasó nada de particular, lo único que ocurrió es que me encontré con alguien a quien hubiera preferido no ver y que trajo a mi memoria cosas que no deseaba recordar, y menos en estos momentos en los que necesito dejar claras algunas otras.

—¡Vaya galimatías, chico! ¿Qué es lo que no querías recordar?, ¿alguna novia?

—No. Todo lo contrario, un amigo. El primero con quien

empecé a jugar a este juego en el que ahora soy un maestro, al menos al decir de los jugadores.

Al salir del cuarto de baño, Ricardo siguió hablándome. Yo escuchaba mientras me tomaba un café en la barra que separa la cocina del saloncito. Decía que cuando le vio en la plaza de aquel pueblecito de la sierra de Madrid donde había vivido su infancia, le dio un vuelco el corazón y parecía que el tiempo no había pasado entre ellos y que aquellos quince años sin verse sólo eran unos días; uno más de aquellos viajes a Madrid que tardaban lo justo para las compras y nada más.

Me encontré atraído por su relato como si de un capítulo de «Fauna Ibérica» se tratara. Quizá fue por eso por lo que Ricardo dejó escapar su corazón y abrió de par en par su alma, como si acudiera por primera vez a un confesionario y yo fuese el sacerdote. Rememoró, con los ojos humedecidos, la época en la que aquel hombre de la plaza que encontró este fin de semana era un mozo guapo, moreno, con las manos grandes de trabajar duro y los ojos agudos del que tiene que estar siempre en guardia por temor a que le descubran en su propio pueblo. Recordó la manera en que escaparon hacia el Madrid de su libertad, utilizando un «Seiscientos» gris porque, en aquel sitio, el amor, su forma de amor, no la entendían ni se podía plantear. Evocó la pensión de doscientas pesetas, el chirriar de su escalera de madera y la mirada cómplice de la señora que la atendía; el ansia y las prisas por dejar escapar, por lanzar desde dentro todo el calor contenido, y la larga y serena contemplación de sus cuerpos en la penumbra de una habitación con olor a limpio pero pobremente decorada. Y añoró, con la mirada puesta en el infinito, aquel día y aquella noche. Hablaba con tranquila nostalgia de todo aquello; sostenía una copa en la mano. El humo del cigarrillo jugaba a enredarse con la luz de la mañana que entraba tímidamente por la ventana a través de los visillos. Toda la escena me recordó un interior de la escuela holandesa de pintura, tanto por el color como por la atmósfera creada.

Algo de lo que dijo, y ahora no sé bien qué fue, me obligó a carraspear, removiéndome incómodo en el taburete. Debió de notarlo porque dijo:

—Rafa, si te aburro o te molesta mi tema de conversación lo dejamos y en paz, ¿eh?

—No —respondí—, es sólo que, quizá sin proponértelo, me estás hablando acerca de cosas en las que no soy precisamente un perito, pero sigue, por favor. Te escucho e intento comprenderte.

Fue entonces cuando Ricardo me contó cómo aquel mozo, del cual no recuerdo el nombre, aunque él aquel lunes me lo repitió hasta la saciedad, había sido el primero y el único que había calado en lo más profundo de su ser, y que era aquel el único hombre que le había hecho sentirse importante en el amor, el que había juntado la inocencia y el temor con el impulso ardiente del deseo y lo furtivo del mismo; era aquél al que había encontrado en la plaza, el mismo al que había abandonado un día de calor en el agosto de la sierra, con los ojos llorosos de rabia y angustia al mismo tiempo, sabiendo que ya nunca encontraría a otro como el que se alejaba, mientras él pensaba hallar en el mundo que le esperaba las aventuras y el amor que nunca en ese pueblo le darían. Pero ¡qué tonto había sido! Sólo aquél fue capaz de hacerle sentir, de verdad, que eran dos hombres y no dos simulacros. Aquél, solamente, le hizo aprender que ni el uno era más hombre ni el otro más esclavo, que eran los dos, como en las matemáticas, necesarios y suficientes pero no individualmente.

Continuó Ricardo diciendo que su amistad, conocida por todos, no tenía el menor atisbo de duda ni de pecado en el pueblo. Es más, todos comprendían que dos mozos jóvenes y guapos salieran juntos a sus conquistas, sin saber que eran la conquista de sí mismos.

Ahora, cuando había vuelto a encontrarlo, se había dado cuenta de que quien se había perdido era él aquel día de agosto en la sierra.

Me contó cómo, de nuevo, los ojos de su antiguo y único amor se habían refrescado con las lágrimas que el tiempo había reservado en sus lacrimales al verlo aparecer por la misma carretera que los había separado. Cómo, de nuevo, aquellas manos fuertes y viriles se tornaron alas de mariposa para tomar las suyas. Se abrazaron, se palmearon la espalda y él fue quien disimulando la emoción habló primero:

—¡Qué cabrón eres, Ricardo, no pasan por ti los años!

Qué mal sabía que siguiera siendo aún el más guapo y a quien la vida no había castigado con amores desamados.

Ricardo había vuelto distinto, como si viera por primera vez su pueblo, pero era normal; él no contaba con un álbum lleno de recortes de prensa en los que se hablaba de su persona, fotos y hasta un póster del grupo de cuando actuamos en Madrid por primera vez. Un álbum de fotos en blanco y negro de ellos dos en sus correrías, algún que otro billete de tren de cercanías y un amor guardado en la nieve incombustible de la sierra.

Todo eso es lo que le había cambiado, lo que le había hecho pensar en la vida que había llevado, el matrimonio con una Pilar ausente y adorable que tuvo que soportar los cuernos de su marido, no en competencia con otra mujer sino frente a una competencia contra la que no podía oponer armas; una vida repleta de amores de ocasión, como si fuera un tren de largo recorrido que para en todas las estaciones y en todas toma un pasajero.

Ese Ricardo había vuelto convertido en un sesudo personaje de Pirandello que había encontrado autor, el mismo que el de su primera mentira y su primer cuento de adolescente, y ese Ricardo estaba ahora sentado ante mí, sereno, rodeado con un halo de paz, algo tan inusitado en él, y confesando ante mí su amor y el dolor por el tiempo irrecuperable.

Ahora pretendía recomenzar la lucha para reconquistar el castillo perdido, aquel castillo un día abandonado por su propia voluntad y que ahora necesitaba volver a habitar para poder vivir; ahora que había comprobado cómo sus afanes de los años mozos se habían ido quedando en hoteles y pensiones de una España que escondía estos amores en cualquier barrio con cine de reestreno.

Ricardo, deteniendo aquí su monólogo, se dirigió a mí para preguntarme:

—Rafa, ¿tú qué harías si le contara a los chicos que soy homosexual?

—Nada —dije—, me lo tomaría como hasta ahora. Es más, te defendería si alguno, que no lo creo, pusiera alguna dificultad a tu presencia en el grupo. Tú sabes muy bien que tanto Miguel como Jaume son de los que, cuando ha salido ese tema a colación, han tomado la postura de «cada uno que haga de su capa un sayo». Creo incluso que siempre eras tú el más reacio a su comprensión; ellos decían que una cosa era opinar y otra muy diferente verse en el caso, que de atañerles habría que ver como reaccionarían.

—Por eso tengo miedo, Rafa. Pueden ensañarse conmigo ahora con toda la mala leche que antes no sacaron, ¿sabes?

—No, Ricardo; parece mentira que no los conozcas después de tantos años juntos. Primero, Miguel es un putero de armas tomar, soltero y librepensador, mientras que Jaume es naturista y de los verdes; es decir, ninguno de los dos pertenece al mundo burgués e hipócrita de los golpeadores de pecho y viga en el ojo ajeno, por lo que, si decides hacerlo, cosa que me parece un punto de confianza en nosotros, cuentas con todo mi apoyo.

—Rafa.

—¿Qué?

—Rafa, tengo que pedirte un consejo pero, por favor, no te rías de mí.

—Ricardo, si es de cosas vuestras ya sabes que yo no sé nada de esos temas.

—Ya lo sé. Pero del amor entre las gentes sí que entiendes. Eso es lo que dice tu Isa, ¿no?

—Hombre, no sé qué decirte, pero dime.

—Mira Rafa: yo comparto contigo este apartamento y lo hago muy contento; es más, no pienso dejarlo, ése no es el tema. Pero quizás de hoy en adelante no pase tantos días en él como antes.

—Bueno, y eso, ¿qué?

—Déjame acabar, Rafa. Es que, y es en esto en lo que quiero que me aconsejes, después de encontrarme con él este fin de semana y de hablar largo rato, he decidido intentar este cartucho de esperanza. Tú no lo sabes, pero él no se ha casado, sigue soltero y, quitando una escapada que otra a Madrid, su vida, según me ha dicho, tiene mi nombre escrito, y eso es muy bonito, Rafa, para volver a perderlo, ¿no crees?

—Yo qué sé, Ricardo; lo único que te puedo decir es que si esto me pasa a mí con Isa, cojo el primer coche que encuentre y salgo a buscarla como un loco.

—¿Entonces?

—Entonces nada. Lo importante, Ricardo, es que seas feliz y no tengas que acumular tanta «mala leche» como has hecho estos años. Todo depende de si él está dispuesto a ese juego. Piensa que fuiste tú, según me has contado, el que un día ya no quiso continuar, y ahora os resultará muy difícil, porque la persona que tú vas a encontrar no es la misma de hace quince años, Ricardo, es otro hombre con su vida hecha, sus costumbres y quien sabe si un nuevo amor que tú no conoces.

—No, ese punto ya está hablado. Él sólo pone una condición: que no puedo pedirle que me quiera como antes y que su libertad es sagrada, al menos por ahora, que será el tiempo el que decida si el atarnos nos hace más libres o nos destroza. Pero esa condición no me preocupa; más libre he sido yo y ahora quiero atarme.

—Por lo que me dices, Ricardo, me estás descubriendo un mundo que yo pensé muy diferente al mío, pero que me está resultando muy similar en lo que a sentimientos se refiere. No me meto en lo que hacéis ni en cómo lo hacéis, pero creo ver claro que os necesitáis tanto como nosotros; si cabe, creo que un poco más, para hacer piña en contra de quienes os desprecian, aunque muchas veces sean los de vuestra propia condición.

—No sé si más, pero yo, hasta ahora, nunca había pensado que podía necesitar a otra persona. Creía que con saciar, de vez en cuando, el hambre de la serpiente todo estaba arreglado, pero este fin de semana, cuando recorrimos la montaña juntos, una vez más, como entonces, hubo un momento en el que el aire nos daba en la cara y el frío hacía temblar nuestros cuerpos; nos abrazamos y miramos juntos el horizonte; éramos dos marinos unidos ante la tempestad; en ese instante comprendí que él podía hacer frente a todo lo que viniera, que no era cosa de mozos, no. Yo tengo treinta y ocho años y él cuarenta, ya no somos una necesidad de mano ajena, somos algo más.

—Ricardo, hablas como un enamorado del romanticismo, tú que siempre parecías el materialismo con pilila. Me tienes asombrado entre tu cambio y el tema del que estamos hablando, tema del que nunca pensé que yo pudiera llegar a tratar.

—Rafa, nunca digas «de esta agua no beberé», porque en esta vida salta la liebre cuando menos te lo esperas y hay escopetas en todos los matorrales.

No sabía él bien cuán cierto era todo eso que estaba diciendo.

Y siguió:

—Entonces, ¿te parece bien que lo intente?

—Ricardo, lo que hagas, si es para intentar ser feliz, está bien, siempre y cuando no jodas a los demás, pero yo te digo, como te dirán Jaume y Miguel, que de tu vida puedes hacer lo que te salga de los cojones, y perdona la metáfora.

—Oye, y qué cojones tengo, ¿eh Rafa? —y, dando con su copa en mi taza de café, dijo brindando:

—Por un amanecer sin nubes.

Y contesté yo:

—Y una borrachera sin polaroid.

—¡Cabrón! —dijo, mientras ponía la misma pose que aquella noche y dejaba escapar un gritito. Después, cuando acabó con los aspavientos, en tono esperanzador dijo:

—Hoy no habrá «Pavana para una infanta difunta», Rafa.

Nunca olvidaré esta frase de Ricardo. En aquel momento aún no podía abarcar todo su significado. Hoy la llevo tatuada en mi cerebro.

ESE LUNES NO VI A CARLOS

Ese lunes no vi a Carlos ni lo llamé, ni el martes ni el miércoles. Era un ejercicio que me había propuesto a mí mismo para conocer hasta qué punto tenía o no lo que se podía llamar Carlos-dependencia, como lo hacen esos a los que les gusta la heroína u otras drogas.

Fueron tres días tranquilos, menos durante las horas en que sabía que Carlos podía estar trabajando. En esos momentos tenía tendencia a dirigirme al teléfono y llamarle al trabajo, pero recurrí al autodominio, asignatura en la que cuando lo necesitaba sacaba sobresaliente. A lo que ya no alcanzaba era a controlar las riendas de mi mente. Éstas, últimamente y a diario, se conducían por su cuenta.

Me extrañaba que Carlos no se hubiera puesto en contacto conmigo o al menos lo hubiera intentado. Eso sí era raro, siendo como era una persona impulsiva por naturaleza y que solía hacer todo aquello que se le pasaba por la cabeza, sin que esto quiera decir que Carlos fuera un alocado o un «vivalavirgen». Todo lo contrario, por lo poco que le conocía parecía ser formal y serio con su trabajo y con todo aquello en que interviniera la palabra dada.

Por eso no me sorprendí cuando el viernes, a la hora de comer —serían las tres— sonó el teléfono. Al descolgar reconocí la voz de la mujer:

—¿Don Rafael?

—Sí, soy yo. Dígame.

—Mire soy la patrona de Carlos, el amigo suyo.

—Buenas tardes. ¿Cómo está usted, señora?

—Yo muy bien, gracias a Dios. El que no está pero que nada bien es el pobre Carlitos, ¿sabe usted? Lleva en la cama desde el lunes, que amaneció con mucha fiebre. Él no quería que yo le molestara, dice que no tiene usted tiempo para perder, pero yo le quiero como a un hijo, y como me ha hablado tanto de usted, me he atrevido a llamarle. En el trabajo ya lo saben y no hay problema, pero como yo tengo tanto que hacer no puedo estar todo el día con él, aunque Dios bien lo sabe que si pudiera no me alejaba de su cama ni muerta, y es que...

La interrumpí para preguntarle qué es lo que le pasaba y si era grave, a lo que ella respondió:

—No señor, ha dicho el médico que es una gripe, pero que como Carlos no está muy fuerte por el trabajo y una lesión de pulmón que padeció de pequeño, pues que es mejor curarla bien antes que andar con tonterías. ¡Ah!, el otro día, con la fiebre, hablaba en alto y le nombró mientras yo estaba con él, ¿sabe?, pero no por nada malo, no se vaya usted a creer, no, sólo decía, «Rafa, ¿qué te pasa? Responde, por Dios» como si a usted le pasara algo y él quisiera ayudarle pero usted no le contestara, sólo eso. Es que este chico, en cuanto alguien le quiere un poco, es tan agradecido como un perro y es capaz de todo, si supiera la de cosas que a mí me ha hecho; en fin, que no quiero molestarlo que tendrá mucho que hacer, pero, ya sabe, si quiere venir a verlo y estar con él un rato, piense que esta casa, aunque humilde, es la suya. No tenga miedo, aquí no molesta...

—Gracias, por avisarme. Naturalmente que pasaré.

—Dios se lo pague. Verá usted qué bien le sienta la visita.

Cuando colgué el teléfono, Ricardo, que en esto seguía siendo el mismo, preguntó:

—¿Te pasa algo?

Le expliqué:

—Parece que Carlos está malo. Llamaba su patrona para que vaya a verlo. Así que la tarde ya se me irá en eso.

Sugerí que él aprovechara y saliera a comprar papel pautado para las piezas que preparábamos de cara al festival de Marzo en Barcelona.

No hizo ningún comentario, ni siquiera lo del T. A., nada, cosa rara en él, que siempre está con las ironías en la punta de la lengua.

Salimos. Serían las cinco y media. Como íbamos en la misma dirección me llevó en taxi.

—Rafa, ¿podrías prestarme algo de dinero? El fin de semana ha sido fatídico para mi economía.

—Si hombre, no faltaba más, ¿cuánto quieres?

Me dejó en la esquina de la calle donde vivía Carlos, en el centro de Madrid, cerca de la estación de Atocha, no recuerdo bien el nombre, pero, por las indicaciones que Carlos me había explicado, di enseguida con ella.

Era una casa de tres pisos, sencilla, con balcones de hierro casi lamiendo la fachada. El portal era estrecho, los escalones de madera, viejos pero limpios, rebajados por el cepillo de fregar, la lejía y el jabón Lagarto y, supongo, unas manos huesudas y con algo de artrosis de una de esas mujeres que son limpias hasta el alma, por que la lejía les penetra por los poros como el moreno a los veraneantes del mes de agosto.

La puerta era grande, pintada en marrón. Un Sagrado Corazón, gastado y viejo, presidía sobre el ojo de la mirilla, provocando recuerdos de niñez de barrio.

Toqué al timbre y salió una señora, exactamente igual a como me la había imaginado a través del teléfono, que sin más preámbulos afirmó:

—Usted es Rafael, ¿no?

—Sí —respondí.

Me hizo pasar con la confianza de los que se conocen de toda la vida, sin mirar para atrás y sin dejar de hablar. Parecía tener intención de ponerme urgentemente al día de toda la evolución de la enfermedad de Carlos antes de que se acabara el breve trozo de pasillo que teníamos por recorrer.

Llegamos a la puerta de la habitación. Efectivamente, yo ya estaba al día de todo, incluso de la magnitud de su cariño. La abrió y se despidió.

—Les dejo, no quiero molestar, que tendrán que hablar de sus cosas, ¿no?

No me había dado tiempo a contestarle nada cuando ya había desaparecido, pasillo abajo, la buena mujer.

Carlos descansaba en la cama. Tenía la barba crecida y la mirada cansada del que ha tenido fiebre, con los ojos brillantes aunque languidecidos. Apoyaba las manos por encima de las sábanas y, cosa rara, llevaba pijama, el típico pijama de toda la vida. Al verme se quedó entre fastidiado y sorprendido, con la rabia de que le encontrara en ese estado y la alegría de la visita que, estoy seguro, quería pero no esperaba. Indicó que me sentara, señalándome una silla que estaba cerca de la mesilla, pero yo preferí sentarme en la esquina de la cama.

—Esto a mí no se me hace, ¿sabes mierdita? Yo preocupado todos estos días y el señor no da señales de vida, ¿te parece bonito?

Quiso hablar pero le atajé:

—No me vengas con cuentos. Lo que pasa es que creías que me iba a molestar si me llamabas y, como el señor es don orgulloso, pues a joderse. Esta vez te has equivocado. El abuelo dio con el nieto y además no está tan malo como él que, después de unas noches de copeteo, se pone malo como una marmota. ¡Vaya con la juventud que me va a enseñar!, estoy apañado.

Carlos me miraba con cara de confesor aburrido. «A mí no me la cuelas», decía sin abrir la boca. Cuando terminé pareció respirar profundamente y dijo:

—Rafa, te agradezco que hayas venido. Precisamente estaba pensando en ti cuando entraste, pero lo que no quería, y en eso tienes razón, era molestarte sólo por una gripe tonta.

Luego siguió:

—Pero esta mujer no tiene arreglo. Seguro que te llamó. Tú no vendrías a verme por tu cuenta y riesgo, ¿eh Rafa? ¿Tengo o no razón?

Intenté cien explicaciones, pero todas eran falsísimas y preferí cambiar de conversación a darle datos sobre lo que me estaba pasando, que hubiera sido peor. No era el momento oportuno para hablar de ello, al menos así lo creí y le propuse que cuando él curara pagaría yo una noche de juerga. Carlos me miró pensando que debía de estar loco, pero sonrió comprendiendo la broma. Me cogió la mano que tenía apoyada en la cama y dijo:

—Rafa.

—¿Qué? —respondí yo.

—¿Sabes que eres la única persona que me ha demostrado un poco de cariño sin pedirme nada a cambio?

—Carlos, los amigos de verdad son así y yo creo que poco a poco me voy ganado el calificativo, ¿o no?

—Claro que sí, y con creces, pero tengo miedo de que nuestra amistad se quede sólo en vernos de vez en cuando para tomar unas copas y si te he visto no me acuerdo. Me gustaría que fuese algo más que todo eso.

Sus manos empezaron a humedecerse. Me miraba buscando encontrar una respuesta a sus preguntas mientras yo, mecánicamente, le daba palmaditas.

—Puedes estar tranquilo con respecto a eso. Siempre tendrás mi amistad, tenlo por seguro. Puedes preguntar a mis amigos cómo soy para eso. Ricardo, por ejemplo. Pregúntale a él, es uno de los más antiguos.

Fue nombrar a Ricardo y Carlos retiró sus manos y empezó a ponerse pálido, más de lo que estaba. Hizo un gesto en la cama, como si quisiera dormir o más bien darme a entender que el tema no le interesaba. Seguidamente se giró hacia mí y me lanzó a la cara una pregunta que no venía a cuento y que me dejó helado, como si un viento frío me hubiese envuelto el cuerpo sudado después de unas carreras o un partido de baloncesto. No me lo esperaba y, menos, que fuera él el que la hiciese:

—Rafa, ¿tú «entiendes»?

—¿Entender de qué? —respondí yo poniendo, desde luego, cara de no entender nada.

—Disculpa Rafa, la pregunta tendría que haberla hecho de otra forma.

—Pues házmela.

—Tengo que hacértela, es muy importante para mí saber la verdad.

—No te enrolles más y desembucha, pesado.

—Rafa, ¿estás liado con Ricardo?

Pasados unos segundos de silencio lancé una carcajada tan estruendosa que hizo que la señora patrona viniera al cuarto para ver qué era tan gracioso como para que la risa fuera tan estrepitosa.

Fue entrar ella y, sin darle tiempo a preguntar, le salí al paso.

—Tranquila, no pasa nada, es que este Carlos tiene cada salida...

Se limpiaba las manos con el delantal y, al tiempo que daba la vuelta para irse, murmuraba:

—El próximo me lo cuentan, que una no nació ayer y ya pasa de todo.

Cuando se marchó vi que Carlos se había sonrojado ante mi reacción e intentaba, ahora él, cambiar de conversación iniciando una nueva pregunta, pero yo no le dejé y volví al tema que él había comenzado, haciéndole otra yo a él.

—¿Por qué me preguntas eso? ¿Se puede saber?

—No, por nada, es que...

—¿Es que qué, Carlos?

—Nada, Rafa, elucubraciones mías. Debe de ser la gripe. Olvídalo.

—No, no lo olvido y tú me lo vas a explicar ahora mismo.

—Pero Rafa... ¡Por favor!

—Nada de por favor ¿Se puede saber de dónde has sacado esa idea siniestra?

—De ningún lado, es que...

—No me mientas, Carlos. Tú no me preguntarías esa tontería si no pensaras que podía ser cierta, ¿o no?

—Es que... perdona pero no sé cómo te lo vas a tomar.

—Déjate de tanto «es que» y «es que» y vete al grano, que me estás poniendo nervioso.

—Es que...

—¡Carlos!

—Está bien. Me he enterado de que Ricardo es homosexual y al ver que vivíais juntos pensé que...

—Pues pensaste mal. No tiene nada que ver compartir un apartamento con un amigo y ser homosexual, digo yo.

—Sí, tienes razón. Fue una tontería mía, ya te lo dije. Es cosa de la gripe, y no tenías que hacerme caso.

—Bien pero, ¿quieres explicarme cómo sabes lo de Ricardo?

—Muy sencillo. Yo tengo también un amigo que lo es y una vez lo acompañé a uno de sus clubs. Allí estaba él. Pero fue cuando nos encontramos en el portal de tu apartamento, la noche en que venía un poco tocado, cuando me acordé de aquella cara. La recordaba muy bien. Aquella noche quiso ligarme y por más que le expliqué que yo no «entendía» —que así dicen entre ellos ser homosexual—, no paró en toda la noche. Es más, le pedí a mi amigo que nos fuéramos porque se estaba poniendo pesado. ¿Comprendes ahora por qué no quería subir si estaba él?

—Lo comprendo, pero te advierto que no se come a nadie; mucha lengua y poco morder. Es buena persona, te lo digo yo que lo conozco hace años.

Miré el reloj y vi que eran ya las nueve y media. La tarde se había pasado volando y tenía cosas que hacer aquella noche. Tomando la mano de Carlos como para despedirme le dije:

—Cuídate mucho, para que no me quede sin compañero de farras.

Lo que él aprovechó para volver sobre el tema de antes:

—Espero que algún día seré algo más que un compañero de borrachera, ¿no?

—Ya lo eres —le dije, y pensé para mis adentros qué poco sabía él lo hondo que había calado en mi persona aquel *camarete* de pub y el dolor de cabeza que se me ponía cuando alguna noche me despertaba sudando después de un sueño que nunca recuerdo o no quiero recordar.

Debí poner cara de ido, porque Carlos me tiró de la mano y dijo:

—Rafa, baja, que Dios está ocupado.

—Perdona —le dije—, es que se me fue el santo al cielo.

—¿Vendrás mañana?, ya estaré mejor y me podré levantar y si vienes tú... espera.

Y dando un grito llamó a doña Carmen, que así se llamaba la señora, y le pidió permiso para invitarme a comer al día siguiente.

—¿Te gusta el cocido?

Y sin esperar respuesta:

—¡Hecho!, mañana comes con nosotros, así no tienes excusa para no venir y además así te alimentas un día decentemente, porque tú no sabes cómo cocina doña Carmen; ¡ya quisiera el rey!, ¿verdad, doña Carmen?

Ella bajó la cabeza un poco ruborizada pero contenta. Estrujando el delantal entre las manos dijo:

—Este chiquillo no cambia, es el de siempre.

Al ver que me levantaba hizo un ademán de tomarme el brazo para acompañarme hasta la puerta de la calle.

Me despedí de Carlos —hasta mañana— y dejé que doña Carmen se enganchara a mí como una novia, susurrando:

—Si no le gusta el cocido haré otra cosa encantada.

—No, no, si me gusta muchísimo; es más, es uno de mis platos favoritos.

Al llegar a la puerta puso su mejilla para que se la besara, y después de hacerlo se despidió:

—Bueno, hasta mañana.

Bajé lentamente los escalones de madera. Iba recorriendo con mirada distraída todos los nudos de los escalones y repasando en mi cerebro todas las pequeñas cosas que hacían que aquel muchacho hubiera conseguido destapar en mí un afecto tan nuevo y distinto que me hacía sentirme culpable de algo que no había hecho. Él representaba un sueño y, al mismo tiempo, había conseguido que me encontrara a gusto a su lado, sin pararme a pensar en nada.

Salí a la calle. Era ya de noche. Las gentes aceleraban el paso para llegar a sus casas mientras que yo no tenía prisa. Comenzó a chispear y empecé a canturrear el «Cantando bajo la lluvia». Iba marcando el compás al caminar, totalmente desapercibido de que la gente me mirara de refilón como si estuviera enajenado y me creyera un chiquillo que vuelve del colegio y pierde el tiempo entre charco y charco. Me importaba un pepino lo que pudieran pensar los demás. Indiferente al entorno, me sentía lleno, gozando de la lluvia, notando cómo se deslizaba el agua por mi pelo y mi rostro, feliz como el que estrena un amor, ajeno a que me estaba empapando. Una gota cayó, entró en mi ojo izquierdo y me hizo regresar desde mi escenario de ficción. Me froté el ojo con la mano y me resguardé de la lluvia metiéndome en un portal cercano, donde me dediqué a sacudirme de encima las gotas que aún no habían calado mi ropa. A mi lado un chico comentaba que el invierno ya estaba encima. Esperé a que parara de llover y me fui lentamente hacia el apartamento pensando que al día siguiente tendría delante de mí un buen cocido madrileño y que no recordaba ya cuando lo había comido por última vez.

Dormí bien aquella noche, como hacía tiempo que no dormía. Me desperté sobre las doce y mientras me duchaba y me acicalaba iba preparando mi estómago para aquella apetecible comida casera.

Todo estaba dispuesto para un suculento almuerzo, de esos en los que se pone el corazón y todo lo demás: el mantel de los días de fiesta, los platos de la vajilla de hace tantos años, a la que el tiempo había dejado en alguno de ellos un recuerdo imborrable, entre alguna flor pintada asomaba un desconchado repleto de historia.

Compré unas flores para doña Carmen, me puse una camisa recién traída de la lavandería, un pantalón azul, los zapatos color vino tinto y la ilusión del que acude a una cita. Qué tontería, ¿verdad?

Doña Carmen se deshizo en atenciones y, desde lo de «las flores no tenía por qué hacerlo» a mil cosas más, era el fiel reflejo de una madre de película italiana.

Durante los postres sacó una pequeña máquina de fotos y mandó que nos acercáramos. Yo le pasé a Carlos la mano por encima del hombro y justo sacó la foto en un momento en el que nos estábamos mirando.

—Hacen muy buena pareja, parecen amigos de toda la vida.

Lo dijo haciendo un pausa entre una y otra frase, tiempo suficiente para que yo pudiera sonrojarme como una jovencita. Estoy seguro de que no se le escapó mi embarazo, porque enseguida, para quitar hierro, añadió animadamente:

—Ahora, por favor, señorito Rafa, sáquenos una a Carlos y a mí.

No le llamaba Carlitos si él estaba presente.

Doña Carmen prometió encargar una copia para mí. Yo no

dije ni que sí ni que no; ¿para qué? Estaba seguro de que en cualquier caso haría lo que le pareciera, y si con ello la hacía feliz, consentir no era mucho a cambio del suculento cocido que me había preparado.

La comida terminó. Serían las cinco de la tarde y he de confesar que me sentía feliz. Todo había resultado perfecto. El tiempo transcurrió despacio en una de esas tardes lánguidas de otoño —y en otoño estábamos— en que la ventana parece una compañera amante y silenciosa, más cómplice y confesora que espacio abierto para dejar pasar la luz.

Tanto Carlos como yo ayudamos a doña Carmen, a pesar de todas sus protestas, a recoger la mesa. La conversación empezaba ya a languidecer cuando doña Carmen, para mi sorpresa, propuso que jugáramos al parchís. Tal y como iba la tarde y sabiendo que Carlos no podía salir, ¿qué mejor?

Dieron las nueve en un reloj cansado de encima de la cómoda. El tiempo se había pasado volando entre la copita de coñac, la amena charla de Carlos y el encanto de aquella novia de casi sesenta y seis años de edad que nos había salido a Carlos y a mí aquel día.

Cuando finalmente salí de aquella casa, algo me decía que no sería la última vez que estaría en ella, e inconscientemente almacené en el fichero de mi cabeza el número y la dirección como un secreto más.

Al llegar al apartamento me encontré con Ricardo, que se preparaba una copa y se disponía a ver el vídeo de la película que había sido tema de charla cuando la vimos en el cine. Era «El expreso de medianoche».

—¿Te apetece verla?

—No, gracias, hoy no estoy para este tipo de películas.

Me fui directamente a la cama, pero aún no había conciliado el sueño cuando sonó el teléfono. Lo cogió Ricardo y dijo desde el saloncito:

—Rafa, es para ti.

—¿Quién es?

—No lo sé, es una voz de hombre.

Enseguida pensé que era Carlos, porque Ricardo conoce perfectamente al *manager* por teléfono. Me puse las zapatillas y fui al salón. Mientras hablaba con Carlos iba mirando la pantalla y, poco a poco, mi memoria fue devolviéndome el recuerdo del tremendo impacto que me produjo la primera vez que vi la película. Aquella atmósfera tan cargada de violencia y la continua impotencia, que consiguió generar en la mayoría de los espectadores el deseo de una venganza igualmente violenta. Pude volver a verme a mí mismo, encogido en mi butaca, sintiéndome un extraño, rodeado de un montón de asesinos en potencia. Me dio miedo el género humano.

Carlos sólo llamaba para saber si iría al día siguiente. Le dije que no lo sabía a ciencia cierta, pero que de todas formas le llamaría.

Cuando colgué el auricular Ricardo me miró con curiosidad; seguro que quería saber quién era, dado que yo no había pronunciado su nombre en ningún momento de la conversación.

Sin esperar a que hablara le dije:

—Sí, Ricardo, es el T. A., ¿ya te quedas tranquilo?

Esbozó una sonrisita, pero se la helé en el rostro:

—El mismo que tú perseguiste un día como perra en celo, ¿te acuerdas?

Ricardo se quedó callado durante unos breves segundos. Inmediatamente se incorporó y paró el vídeo, señal inequívoca de que por fin había recordado lo que pasó en aquel garito.

—Ahora recuerdo por qué dijo que le era conocido cuando os encontré en la puerta. Es decir, que mi amigo Rafa, el macho, tiene amigos como yo.

—No —respondí como un abogado defensor que ve atacado a su defendido—, él no es lo que tú piensas y creo que te lo dejó bien claro aquella noche, ¿no? —y seguí—; además, vamos a dejar este asunto, Ricardo; estoy muy cansado y tú con tú película tienes suficiente por hoy. Si quieres, en otro momento hablamos del tema y lo dejamos claro, aunque para mí no es necesario, pero no quiero que por tu cabecita anden sueltas ciertas notas, porque enseguida, por menos de nada, te montas un solo de batería mental.

Cerré la puerta de la habitación y no le di opción a que aquella conversación prosperara.

Cuando se acabó la película yo aún estaba despierto, pero simulé estar completamente dormido para no dar pie a que atacara de nuevo, porque, para esas cosas, ya conocía muy bien a Ricardo y sabía que, durante toda la película, no habría parado de darle vueltas al tema. Menudo era él para enterarse de todo lo que le intrigaba, y esto le intrigaba, más por Carlos que por mí. Creo que aún no se le había quitado de la cabeza desde aquella noche.

Cuando desperté ya me esperaba Ricardo en el saloncito con actitud de ahora no te me escapas, y no me escapé, es más, no me dio tiempo ni a asearme. Fue salir de la habitación y empezar con su ataque directo. Sin más delicadeza que la que habitualmente le caracteriza me preguntó:

—Rafa, ¿entonces el Carlos ese...?

—De «el Carlos ese», nada. Carlos a secas. ¿Estamos de acuerdo? —respondí con la sequedad suficiente como para advertirle que estaba prevenido contra sus arremetidas.

—Esta bien, Carlos. Entonces, ¿dices que él te contó que yo un día, estando en un club, le asedié? Lo digo por lo de tu perra en celo...

—Sí, y todo vino a cuento porque el chico, después de lo tuyo y de ver que vivíamos juntos, me preguntó si tú y yo teníamos alguna relación de tipo sentimental.

—Y a él ¿qué coño le importa, Rafa? ¿O sí le importa?

—No sé si a él le importa o no. Sí sé que a mí me importa que me tengan que hacer esas preguntas. Lo cierto es que me contó que una noche fue acompañando a un amigo suyo que buscaba a otra persona y tú te emperraste en ligártelo.

—¿Yo? ¡Dios, cómo son estos chicos! Cuentan todo como les parece y luego el malo es uno. Rafa, tú no pensarás que voy por ahí salido como un perro, sería lo que me faltaba.

—Mira, Ricardo, a mí, personalmente, lo que ahora me importa es asearme y tú, por lo visto, te has emperrado en que no lo haga.

—Yo te lo he preguntado porque tú anoche...

—Yo, anoche, nada. Me llamaron por teléfono y tú, como tienes que enterarte de todo, pues te aclaré el tema para que no empezaras de nuevo con tus indirectas, ¿está claro? ¿Me puedo asear ya?

—Cuando el señor macho lo desee. *Bwana*, ¿quiere café?

—Sí, *buta* Ricardo, el *bwana* quiere café —y puse tono de doblaje para Lord inglés en película africana.

Cuando salí de asearme yo ya había olvidado el tema y tenía en la cabeza a Isa, que, según su madre, volvía de Milán la semana siguiente y, por lo visto, con un éxito de auténtica *vedette*.

Salía colocándome el cinturón del albornoz cuando casi tropiezo con Ricardo, entre la cocina y el baño. Traía una taza de café preparada y una nueva cara, esta vez de «¡tú a mí me lo cuentas!».

No le di importancia. Cogí la taza de café de sus manos y le dije:

—Gracias, *buta*, el *bwana* está contento —a lo que él respondió:

—Pues *buta* no lo está de *bwana* Rafa.

Me fui hacia la habitación y, mientras tomaba el café y me vestía, le comenté a Ricardo que teníamos mucho trabajo por delante si queríamos acabar de hacer los arreglos para las piezas nuevas de la próxima gira y que había que llamar a los otros para concertar ya los días de trabajo si no queríamos comernos las partituras.

Ricardo pareció no oír lo que decía.

Ese día no vi ni llamé a Carlos, a pesar de que había quedado en hacerlo. Por eso me extrañó no encontrar ningún recado en casa, pero andaba yo con los arreglos en la cabeza y, si soy sincero, ni me acordé de él en todo el tiempo.

Pasaron varios días durante los que, tanto Ricardo como yo, parecíamos dos copistas de la época mozartiana, entre papeles, lápices, etcétera, etcétera. Llamando cada dos por tres a Miguel y a Jaume para hacerles comentarios de las piezas. Hay que reconocer que éramos un tanto especiales para preparar las sesiones. Al estar separados, habíamos cogido el hábito de prepararnos cada uno nuestras propias ideas. Así, cuando nos reuníamos, parecía aquello una naranja en la que cada gajo era por sí mismo importante, pero al juntarlos y corregir, adaptar y borrar, el resultado era, según se estaba verificando estos últimos años, algo más que decente.

Cuando me di cuenta de los días que habían pasado y me acordé de Carlos, llamé a su casa. Doña Carmen, con todo su cariño y después de preocuparse por el porqué de mi olvido, me dijo que, gracias a Dios, Carlos ya trabajaba y que estaba muy bien. Fue por eso que, aquella noche, y sin recordar que era sábado, fui al pub para verle y pedirle perdón por no haberlo llamado como había quedado. Cuando entré todo estaba igual que siempre (y, como siempre, el humo y el piano), salvo, mira tú por dónde, el pianista que, en este caso, era bueno, aunque para lo que lo valoraban no sé qué era mejor, si margaritas a los cerdos o lo de antes. Cuando Carlos me vio, acabó de servir una de las mesas y se acercó a saludarme, como si nos hubiéramos visto esa misma tarde.

—Hola, Carlos, ¿cómo estás? Perdona que no te haya llamado. Hemos estado trabajando mucho en los próximos conciertos y no he tenido tiempo de nada.

Su mirada denotaba que le sobraban todas la explicaciones.

—Pensé en llamarte yo, pero entre que no me apetecía

hablar con tu amigo Ricardo y que me imaginaba lo ocupado que estabas, decidí no molestarte y esperar.

Tomé una copa y me despedí. Cuando estaba llegando a la puerta me alcanzó Carlos, vestido con el uniforme.

—¿No te quedas hasta que termine?

Me excusé:

—No puedo Carlos, estoy reventado y mañana me esperan las partituras.

Noté en sus ojos un toque de tristeza y desilusión. No esperaba mi negativa. Lo tomé del brazo y le dije:

—Carlos, no pongas esa cara. Tú tienes que comprender que mi trabajo me absorbe mucho tiempo y que...

Sacando una sonrisa del fondo de la esperanza me interrumpió:

—No pasa nada, abuelo; es que hoy no es mi día y, al verte, se me ha abierto el cielo. Es igual, en otro momento será.

Se disculpó y, alegando que tenía que cobrar a unos clientes, se metió para dentro con aire de aquí no ha pasado nada.

Me puse a andar lentamente y, cuando ya estaba cerca de casa, empecé a reconsiderar el regresar. Por qué no esperarlo y ver qué le pasaba. Él lo habría hecho conmigo. Giré sobre mí mismo y apreté el paso hacia el pub. Cuando llegué, las luces de afuera ya estaban apagadas. Sólo me separaban unos metros de la puerta cuando vi salir a Carlos con su bolsa y a un chico a su lado con el que debía estar bromeando, a juzgar por las risas que se oían.

Me paré en la puerta. A Carlos, al verme, pareció que se le helara el alma. Cortó inmediatamente las risas y la expresión de su cara se transformó. Parecía decir ¿qué pintas tú aquí? Yo levanté los hombros, torcí un poco la cabeza y abriendo un poco los brazos hice gesto de pedir perdón por lo imprevisto, levanté la mano para parar un taxi, sin darle tiempo a reaccionar. Cerré la puerta tras de mí y di al taxista la dirección del bar de un amigo donde había buena música.

Al pasar por delante de ellos, le hice un gesto de despreocupación y me dejé caer en el asiento con la sensación de haber hecho el gilipollas.

Mi llegada al bar fue acogida con entusiasmo. Había pasado casi un año desde que no iba y se alegraban de verme. Más tarde, a medida que transcurría la noche, Carlos volvió a hacerse presente en mí.

A lo mejor había ido a casa, y por primera vez deseé que se jodiera si no me encontraba.

¡Dios bendito!, no me lo podía creer. ¡Tenía celos!, celos de una persona que acompañaba a mi amigo, celos yo. ¡No podía ser! ¡Dios mío! ¿Qué me estaba pasando con aquel muchacho?

Me senté ante una copa. La música era buena, el licor estaba bien servido y el ambiente era propicio para tranquilizarme. Juzgué conveniente tener una charla con aquel Rafa de un rato atrás, que se había subido a un taxi más deprisa de lo que, en una persona equilibrada y de buenas costumbres, sería razonable. Estudié cada uno de mis movimientos intentando comprenderme a mí mismo. ¡Y yo que me creí que este asunto había quedado zanjado!

Recapacité con serenidad sobre mi forma de reaccionar un rato antes, quizá un poco precipitado al no dejarle explicarse; pero es que la expresión de su cara era la de haber sido cogido *in fraganti* en algo. Si no quería que yo le encontrara con aquel amigo que no era un camarero del pub, y él mismo me había dicho un rato antes que tenía un mal día; entonces, si para él era un mal día, ¿a qué venía esa alegría y esas risas con aquel amigo? Decididamente no entendía nada.

—¡Bravo, Rafa! —gritaba en *off* la voz de mi yo que en este momento dominaba el juego, sigue así, no permitas ni por un instante que se te caiga el velo de los ojos. ¡Concéntrate en lo anecdótico!, ¡no profundices más!, ¡que nada altere el curso de tu vida!

—Ahora bien —siguió el monólogo interior una vez que

calló la voz—, aun contando con que, para él, lo había pillado *in fraganti*, ¿a mí qué me importaba con quién fuera? Si él tenía sentido de culpa por lo que estaba haciendo, yo sí que no debía tenerlo, dado que nada había hecho por lo que debiera sentirme así; pero, ¿por qué me había molestado encontrarlo con otro amigo?; es decir, ¿tanto me molestaba que no hubiera esperado? En realidad, no tenía por qué hacerlo, ni conmigo ni con nadie, al menos eso creía yo. Entonces, ¿por qué esa prisa por desaparecer?; habría sido por no molestarle a él, que no contaba con mi presencia en ese momento, que además había sido la causa de su cambio de humor o, más bien, era una reacción del tipo: «Pues si ya tienes compañía para tu mal día, ¿qué coño pinto yo en este sitio?». Es más, ¿por qué había vuelto si había dicho que tenía cosas que hacer? Pero lo más preocupante era por qué no le di la dirección de mi casa al taxista y sí la del bar. ¿Había sido por impulso o por escapar de él?, ¿podía haber tomado otro taxi y seguirme?, sí; claro que, pensándolo bien, ¿por qué iba a hacerlo? Ya me lo explicaría otro día. Ahora, que si fui yo el que no le dio tiempo para ello..., aunque analizándolo a fondo si me hubiese seguido habría venido al bar y, obviamente, si no le hubiera dicho al taxista mi dirección, entonces no me hubiese seguido, o también podría haber continuado con su amigo y dejarlo para otro día o intentar esperar un poco y llamar por teléfono para preguntarme o explicarme algo. Sin embargo no tenía nada que explicarme. Yo no era más que un nuevo amigo, mayor que él, de distinta esfera social y distinta cultura, dos ramas separadas en el árbol de Madrid. ¿Quién era yo para exigirle algo a él si sólo éramos eso, unos conocidos más o menos y nada más? Y si a Ricardo no le pedía explicaciones ni se las daba, ¿por qué a él sí? Esa era mi pregunta y con ella todas las demás y todos los recuerdos: su forma de dormir, lo de la ducha, el sueño, el beso, etcétera. Todo eso junto ya empezaba a preocuparme ¿o me había preocupado desde el principio? Allí sentado, en un buen sillón y con una copa en la mano, no era el hombre tranquilo que aparentaba, dentro de mí había algo y tenía que desentrañarlo y ver con claridad lo que era y por qué aparecía ahora.

La voz en *off* se había quedado afónica. Mi nuevo yo recuperaba terreno.

Bruscamente me levanté, llamé al camarero, pagué mi copa y me despedí, no sin esfuerzo, del dueño y los amigos del bar. Tenía que llegar a casa y analizar qué pasaba y, si no pasaba nada, pues analizar la nada; así no podía seguir, con aquel *merder* como diría Jordi.

Tomé un taxi y me dirigí a casa con el ánimo de esclarecer mis tribulaciones y adoptar, al menos, una postura clara. Cerré el cerebro como si ya nada hubiera que hacer y me dejé llevar. Fuera, una lluvia mansa y lenta sacaba del asfalto azabache un brillo negro de zapato de charol. Y la noche seguía.

Cuando el taxi me dejó en la puerta de casa, juro que esperaba encontrarme a Carlos allí, pero no fue así. No había nadie. Es decir, la primera premisa se había esfumado, si bien podía ser que hubiera ido y se hubiera marchado al ver que no estaba, cosa de lo más normal.

Hice lo que tenía que hacer; abrir la puerta y subir al apartamento. Abrí con cautela. Esperaba encontrarme a Ricardo, pero no estaba. Fui hacia el contestador automático y, después de rebobinar la cinta, pude comprobar que no había ningún mensaje de Carlos en el contestador. Me senté en el sofá y puse la tele. Ya era muy tarde y, al conectar con el mando a distancia, salió el vídeo. La película era «El expreso...», que Ricardo había dejado a medio ver.

La dejé puesta, pese a mi desinterés, porque me proporcionaría sensación de compañía en tanto que yo seguía con las reflexiones. Durante un rato la miré sin ver. Después algo me llamó poderosamente la atención. Era el momento de la película en el que el protagonista se encuentra en la ducha con un compañero de prisión, un compañero que lo deseaba y le enjabonaba el cuerpo. Me sentí trasladado hasta dentro de aquella ducha, que a su vez me hizo viajar a otra en la que Carlos jugaba a ser gracioso compañero de mili. Me di cuenta de que no estaba observando la escena como hacía seis años; ahora tenía algo de cotidiano, incluso percibía cierto morbo en su contemplación, como una aceptación tan natural que a mí mismo me inquietaba. Desde luego no era normal en mí aquella postura. Nada en mí era normal últimamente.

Inmediatamente recordé —¿por qué precisamente en este momento?— que Ricardo no vendría en todo el fin de semana. Se había ido a la sierra, a su nueva lucha con aquel viejo y joven amor que había conseguido que volviese a sentirse importante. No me preocupó. Me venía bien para mi estado de ánimo un poco de soledad y sin nadie a quien darle explicaciones.

Cogí el teléfono con idea de llamar a Carlos a casa, pero cuando ya estaba marcando colgué pensando en que no eran horas para molestar a doña Carmen; era muy probable además que Carlos no estuviera en casa, siendo sábado y tal y como se encontraba, si se encontraba de alguna manera. Volví a recostarme en el sofá y, automáticamente, rebobiné un poco la película para poder volver a ver la escena de la ducha. Quería comprobar si la impresión anterior se repetía, si era cierto que en mi cerebro aparecía la imagen de Carlos unida a la mía en la otra ducha y si una vez más se apoderaba de mí la misma emoción desconocida.

Fue precisamente cuando la escena daba comienzo cuando sonó el teléfono. Lo cogí rápidamente y esperé a que la otra voz hablara. Era Carlos. Lo traté como si llamar hubiese sido su obligación, y mi tono de voz sonó agrio. Fue la voz de una persona que exige una explicación, pero sólo duró un momento, enseguida cambió mi actitud. La voz de Carlos al contrario tenía un tono preocupado y cariñoso.

—Rafa.

—Sí, soy yo.

—Soy Carlos, llevo casi una hora llamándote. Ya pensaba que hoy no te encontraría; era la última tentativa que iba a hacer; ¿por qué te marchaste de aquella manera?

—¿Que por qué me marché? No creo que fuera bienvenido por la cara que pusiste al verme. No esperaba que, en tal sólo media hora, cambiaras tan rápidamente de estado de ánimo.

—Rafa, tú dijiste que tenías trabajo y te marchaste. Vino a verme un amigo de hace tiempo y salíamos con la idea de tomar una copa corta en cualquier sitio y después irnos a dormir.

—No tienes por qué darme explicaciones, Carlos; puedes hacer de tu vida lo que te dé la gana sin necesidad de contarme lo que haces, de dónde vienes o con quién vas. Ya eres mayorcito para tener niñera y, además, ese no es mi papel en la vida.

—Rafa, te llamo porque quería explicarte el porqué de mi cambio de cara y decirte algo que hace tiempo quiero decirte, pero aún no había aparecido la ocasión, y tú tampoco me lo has facilitado; cada vez que intento entrar en ello te escurres como una anguila. Creo que hoy es el momento, antes de que las cosas se compliquen.

—¿Qué cosas se tienen que complicar Carlos? Creo que sí es verdad que tienes algo que decirme y yo a ti, pero no creo que sea el teléfono el medio más apropiado para hacerlo. Por cierto, ¿desde dónde llamas que hay tanto follón?

—Llamo desde un club. He venido aquí con el amigo con el que me viste salir.

—Y el follón ese, ¿lo arman las tías?

—No, Rafa; de eso precisamente quería hablarte. Estoy en el club en el que conocí a tu amigo Ricardo. Casualmente está aquí con un amigo suyo y no veas la cara que ha puesto al verme, parece que le haya dado una alegría tremenda, y antes de que sea él quien te lo diga prefiero ser yo el que lo haga.

—Perdona, pero casi no te oigo, ¿por qué no vienes a casa y charlamos más tranquilamente? Aunque Ricardo esté en el club no vendrá a casa, si eso te preocupa. Ha quedado en subir a la sierra con su amigo; y tú y yo así podríamos dejar algunas cosas claras para no andar como chiquillos, ¿no te parece?

—Sí, creo que es lo mejor; me despido de este amigo y voy hacia ahí. No tardo nada, está cerca de tu apartamento.

Cuando se cortó la comunicación yo aún me quedé un rato con el auricular en la mano y mirando fijamente la televisión, sin verla. Colgué. Apagué el vídeo. Fui a la habitación y me puse las zapatillas. No sé por qué, presentía que aquella noche no iba a ser corta. Después me recosté en el sofá en espera de que sonara el timbre del portero automático.

QUERER Y NO QUERER

El Expreso de Medianoche

Cuando sonó el telefonillo tuve una sensación extraña, de querer y no querer descolgarlo. Intuía que algo iba a pasar, a pesar de que no debiera ocurrir. Era la vieja percepción de la premonición, pero, en este caso, el motivo estaba en la puerta y la razón dentro de mí. No era precisamente cómodo sentirse pescadilla con los dientes pegados a la cola.

Fui hasta el telefonillo y, cuando lo levanté, me di cuenta de que mis manos sudaban igual que durante los exámenes de mi infancia. Apenas me salía la voz y consideré que aquello sí que era una estupidez. ¿Por qué me metía yo en estos líos? Puse el auricular en mi oreja y, sin preguntar quién era, apreté el interruptor de abrir la puerta. Esperé para comprobar si de verdad entraba alguien. Fue cuando oí a Carlos:

—Soy yo, Rafa.

Colgué el auricular, fui hacia el televisor, quité del vídeo la película y la guardé en su sitio. Quería ocultar a Carlos la película que estaba viendo. Aquel gesto entonces me pareció simplemente pudoroso; es ahora cuando comprendo el motivo de todos aquellos pequeños detalles que en aquel momento se me escapaban, quiero creer que involuntariamente.

Me asomé por la mirilla y descorrí el pestillo de la cerradura para abrir antes de que Carlos llamara. Y así fue. Cuando Carlos estaba a la altura de la puerta y antes de que pulsara el timbre, abrí la puerta y lo tomé de sorpresa. Me miró a los ojos directamente, como diciéndome «aquí estoy». Era la mirada de un niño que tiene que contar un secreto y hace tiempo que no se decide a hacerlo porque teme una reprimenda o perder el cariño de sus padres.

Me aparté para que pasara, cogí la bolsa de la mano y volviendo hacia el interior la deposité en la mesa de la cocina. Carlos se adentró un poco en el saloncito y, quedándose de pie, miró cómo cerraba la puerta. Siguió todos mis movimientos esperando encontrar, oculta en esa calma externa, una tormenta, y que sobre él fuese a caer un rayo directamente. Pero no fue así. Cuando parecía que iba a empezar a hablar, le corté:

—Siéntate, ponte cómodo y, sobre todo, cambia esa cara de problema que te has puesto, que no es para tanto. No me como a nadie.

Nos sentamos los dos en el sofá, en la misma situación que la primera vez, él con la cabeza un tanto baja, las manos entre las rodillas y mirando un punto fijo que no pude descubrir. Antes de que yo le preguntara o explicara nada, empezó a hablar lenta, pausadamente. En el timbre de su voz se podía adivinar un cierto temor, pero estaba tranquilo, con la tranquilidad que da el haber tomado una decisión.

Empezó diciendo:

—Rafa, yo no sé si tú te has dado cuenta durante estos meses, pero realmente lo que pasa entre nosotros dos es algo más que amistad, o al menos eso es lo que pienso yo. Ya sé que tú no te planteas siquiera otra posibilidad de cariño que no sea el de un hombre y una mujer, pero...

En este momento intenté decir algo. Con un gesto de la mano me hizo callar y siguió hablando:

—Perdona, Rafa, pero si me cortas no podré hablar y tengo que hacerlo, porque esto no puede ser; tengo la cabeza hecha un lío y tengo que desenredarlo, y cuanto antes mejor.

Pensé que no me era desconocida del todo esa situación, pero permanecí en silencio, no sólo porque lo había prometido, sino porque sabía de antemano que esa noche el único que iba a sincerarse era él. Carlos continuaba:

—Ya sé que dirás que soy un crío, pero no es cierto; si tengo edad para trabajar también la tengo para lo demás, creo yo, pero lo que importa no es esto, sino que, poco a poco, te he ido cogiendo cariño, y no el cariño de un amigo o un hermano, no. Es otro tipo de cariño y nunca lo había sentido por una persona de mi propio sexo. Te seré sincero, pero, por favor, déjame terminar y no me juzgues hasta que termine, ¿vale?

Siguió con su relato.

—Cuando hice el servicio tuve una relación única y pasajera con un compañero, claro está; una relación de tipo sexual, pero no dejó de ser una paja tonta, cosas que pasan. Durante un largo período de asueto todo es posible, pero no quiero echarle la culpa a las copas, como hace mucha gente, no; creo que sentía algo y, de hecho, no fue asqueroso ni repugnante, pero eso sí, él tenía tanta experiencia que me hizo pensar que yo era todo un hombre y él un servidor del placer. Todo se quedó en eso, en dejarse hacer, aunque hasta un punto; no creas que dejé que me besara en la boca ni otras muchas cosas que cuenta, no soy de esos, pero sí tengo que admitir que, desde aquel día, todo cambió para mí; veía a los compañeros de otra manera y, aunque tuve una novia, no podía dejar de mirar, de cuando en cuando, a algún compañero guapo o a algún desconocido, recordando aquel rato con mi compañero de mili.

En ese momento levantó la cabeza y me pidió algo de beber. Lo mire con ternura, sintiéndome como un padre, un confesor y un psiquiatra a la vez, sin admiración ni repulsa por lo que me contaba. Me levanté para servirle un whisky y dejé la botella cubierta con hielo en la mesa. Yo me serví un coñac, pero cambié de opinión, sería mejor no beber. Quería estar lúcido para lo que se avecinaba. Carlos tomó un sorbo y me miró, pidiendo con respeto, aunque sin miedo, permiso para seguir. Sabía que aquel coche no tenía marcha atrás y ya estaba metida la primera. Esta vez, cuando empezó a hablar no bajó la cabeza sino que se mordió un poco el labio, dibujó una sonrisa y me dijo:

—Rafa, quiero decirte que aquel muchacho del que te hablo es el mismo que hoy vino a buscarme al trabajo, pero entre él y yo no ha pasado nada desde aquel día, aunque tengo que admitir que si por él fuese quizá no habría sido así. Más de una vez, cuando ha venido a Madrid, lo he acompañado a algún club de «ambiente», que así se llaman. Fue en uno de ellos donde conocí a Ricardo y desde el que hoy te he llamado. Te cuento todo esto para que veas que nunca te he mentido y menos ahora. Lo que me pasa contigo no es normal y, perdona Rafa, pero si no te lo digo reviento. Cuando me quedé a dormir aquí la primera vez, sentí que me tapabas y noté tu respiración cerca de mí. Casi te engancho por el cuello y me cojo a ti, pero me quedé paralizado. Te respeté y permanecí toda la noche hecho una estatua por temor a que volvieras.

Hizo una leve pausa y retomó su confesión.

—Después todo se fue complicando más cada vez que nos veíamos. Seguía respetándote, pero también te iba cogiendo cariño poco a poco; eras el aire que entra por las rendijas de una casa y te deja el corazón entre tormentas. Yo sé que tú me quieres como un amigo, pero yo no lo puedo remediar, te quiero como nunca he querido a nadie y si por mí fuera no me separaría de ti. Aún recuerdo el día en que nos duchamos juntos. Aquel día, cuando te tuve frente a mí, desnudo, viendo correr el agua y el jabón por tu cuerpo, pensé que nunca había visto nada más hermoso y que ahora estaba al alcance de mis manos. Tú no puedes comprender lo que se siente, pero es parecido a lo que debe sentir un niño al que dejas delante de una pastelería y no puede coger nada.

En ese momento me cogió la mano y, mirándome a los ojos, me preguntó:

—Rafa, tú también me quieres, ¿verdad?, ¿verdad que sí?

Así nos quedamos. Mis manos se convirtieron en un río de sudores. Me molestaba todo: la ropa, la habitación; todo parecía ahogarme. La boca se me quedaba seca y sin palabras. Permanecimos algunos minutos de aquel modo. Yo no sabía qué responder.

Una vez más volvió a pasar ante mis ojos aquella noche en que lo tapé, mi borrachera, el sueño, el rostro de Carlos y la ducha, que se superponía a la película y estaba cargada de idéntico contenido a pesar de que las vidas de aquellos dos hombres, tan distintos a nosotros en circunstancia tan dispares, no se podían comparar con las nuestras.

Apreté sus manos con las mías y le dije obviamente sumergido en mi yo más antiguo:

—Carlos, yo te quiero, pero no es posible que sea homosexual, no puede ser. Estoy casado, quiero a mi mujer y jamás he tenido la menor tendencia hacia los hombres; es más, no tengo nada en contra de vosotros, pero...

—Rafa —me dijo, cortando mi respuesta—, yo tampoco soy lo que tú dices y, si lo soy, no lo sabía hasta que empecé a darme cuenta de cómo te quería y deseaba. No pienses que ando por ahí contándole estas cosas a todos los hombres que veo, no; es más, te he comparado con otra gente, en el club he visto a otros hombres guapos y atractivos, pero no siento nada hacia ellos. La nada más absoluta. Me molestan «las locas». No es eso, yo te quiero a ti y a ningún hombre más. Te puedo asegurar que no ha sido fácil admitirlo. Tenía que contártelo, además. Había llegado un momento en el que creí que iba a estallarme la cabeza. Sueño contigo y cuando quiero no pensar en ti y no verte durante algún tiempo, para olvidarme, es cuando más te recuerdo y más te quiero.

Mi yo nuevo habría encontrado unos cuantos puntos en

común con lo que narraba Carlos, pero mi yo nuevo no estaba allí aquel día. Así que dije:

—Carlos, yo también he pensado en ti. No acabo de entender esto que me pasa con tu persona, porque es contigo y con nadie más con quien me pasa. Creo que la causa es un sentimiento paternalista más un poco de soledad mezclado con los años que tengo. Si no, puedes preguntar a Ricardo. Él me conoce bien y puede decirte cómo soy en tema de mujeres. Nunca se me había pasado por la cabeza que yo pudiera ser homosexual. Eso es imposible.

—¿Imposible? ¿Por qué? ¿Por qué te ocurre a ti? De manera que si es a mí a quien me pasa es normal, ¿no, Rafa?, pero que te suceda a ti, no. Porque tienes mujer y funcionas bien con ella. Yo también he tenido novia y he salido con otras mujeres. No soy un anormal ni un gilipollas, pero me pasa esto y tengo que admitirlo porque es a mí a quién le pasa y no a los demás. Soy yo el que siente todo eso dentro de mí. Y también soy yo quién ha descubierto el cariño hacia tu persona, cariño al que no quiero llamar amor porque te reirías.

Mi nuevo yo, desde debajo del zapato de mi yo más antiguo, aplaudía y se descubría ante la valentía de este camarero jovencito.

—Carlos, no digas tonterías. ¡Amor! ¿Qué es el amor? Dejémonos de filosofías. Lo cierto es que cuando estoy contigo me siento cómodo. Ahora mismo estamos cogidos de la mano y sigo estando cómodo a pesar de que siento que me tocas los dedos y que me aprietas la mano como si quisieras sacar el jugo de mi alma por ella. Esto es una demostración de afecto que puede ser comprensible entre dos amigos. Pero de ahí a vernos juntos en la cama va un abismo, chico. Imaginarme contigo como si fueses Isa. Imaginarte a ti conmigo como si fuese una de tus novias. ¡Inconcebible! Vamos, que no, que no puede ser.

—Rafa, si te diera ahora un beso, ¿qué harías?

—Carlos, no digas tonterías. Te pegaría una hostia, ¿qué es lo que esperabas que dijera?

—¿De verdad me la darías?

—Claro que sí. ¿Es que no te has enterado de lo último que te he dicho?

—Entonces, ¿por qué no me la diste el día de las copas? Aquel beso me ha hecho mucho daño y, ahora puedo decírtelo, no fue un beso dejado caer, no, me lo diste con ganas, como si besaras la vida en la puerta de la muerte, como un loco. Borracho pero loco.

—Ahora dices eso para complicar las cosas, ¿verdad? ¿No te parece que ya está bien?

Solté las manos de Carlos y me puse en pie. Inconscientemente pasé la mano por mis labios, queriendo borrar lo que se había dicho.

—¿De qué quieres convencerme de esa manera? ¿De que dentro de mí hay algo de maricón y que no quiero verlo?

Mi nuevo yo, desde debajo de la suela del zapato de mi yo más antiguo, me lanzaba miradas de desprecio que a mí no me importaban nada.

—Rafa, yo no te he dicho nunca la palabra maricón. Y no quiero convencerte de nada. Sí quiero que sepas que tu punto de vista y el mío no pueden coincidir. No querrás aceptarlo, pero ha sido a mí a quien has prodigado atenciones y hablado con ternura. Tú no podías ni verte ni oírte a ti mismo, y te aseguro que tu forma de mirarme es bien distinta a la forma en la que un hombre mira a otro. Eso no me lo puedes negar.

—¿Que no te lo puedo negar? Eso te lo has inventado todo tú.

—Rafa, ¿quieres tranquilizarte? Estás gritando y tú nunca gritas. Siéntate y estate tranquilo.

—¿Cómo quieres que esté tranquilo cuando me entero de que un amigo mío, al que quiero, dice que está enamorado de mí y que él piensa que soy maricón como él?

—¡Y dale con la palabra maricón! Rafa, vaya trauma que tienes con la palabrita. ¿Quieres sentarte de una puñetera vez y ver cómo dejamos esto? A mí tampoco me gusta esta situación. Aquí soy yo el que ha dicho lo que siente y me he jugado todo al decirlo, mientras que tú te has instalado en esa urna de machismo y no quieres admitir que también me quieres; si no, contéstame a una pregunta, ¿era yo con quién soñabas la noche en que te desperté todo sudoroso?

—No, ¿cómo ibas a ser tú? Tú mismo me dijiste que era con mi mujer con quien soñaba.

Hasta mi yo más antiguo enrojeció al oír esto.

—No, Rafa, yo no dije eso. Yo te dije que si era tu mujer en la que pensabas, caray, cómo te ponía.

—Pues sí, era mi mujer y no hay más que hablar —y lo dije levantando el tono de voz y dando un puñetazo en el respaldo del sofá. Me di la vuelta para ir hacia la cocina a por un vaso de agua y oí a Carlos decir a mi espalda:

—Mira Rafa, me vas a disculpar una vez más por lo que te voy a decir, pero es tan verdad como que los dos estamos aquí. Aquella noche yo me desperté, no porque te escuchara moverte, sino porque dijiste mi nombre varias veces y tu forma de pronunciarlo era ronca y apasionada, como la del que está alcanzando el éxtasis del amor.

Mi yo más antiguo tragaba y tragaba saliva aunque eso no le impedía tapar la boca a mi yo más nuevo, que luchaba a brazo partido por desasirse y poder desmentir gritando ¡...!

Pero Carlos no había acabado.

—Sí, Rafa; aunque nunca te lo dije, era yo al que estabas amando y no a una mujer, y, desde luego, no a la tuya. Fue precisamente a partir de ese momento cuando empecé a dejar de frenar mis sentimientos, a quererte más y a tener esperanzas de que un día tú también me quisieras.

Debí poner cara de horror y seguro que pensé: «¿Hasta dónde quiere llegar este chico?, porque...»

—No pongas esa cara, Rafa; es cierto todo lo que te cuento, pero continué con mi intento. Luego tú me comentaste que nada pasaba. Fue cuando estuve enfermo, ¿recuerdas?, entonces casi salto de la cama para abrazarte, pero no pude. Empezaste a reír y vino doña Carmen.

—Eres un sucio embustero. ¡Eso es mentira! No puede ser que yo dijera tu nombre. ¡No dije tu nombre! ¡Será posible!, el tío este me quiere «comer el coco».

—Sí, Rafa, era mi nombre, Carlos. Y Carlos en tu vida no hay otro ¿verdad?

Mis dos *yoes* permanecieron en silencio, aguardando. En ese momento mil cataratas de agua helada cayeron sobre mí. Sí, era él, a él correspondía el nombre que decía; sí, era él la persona a quien amaba en aquel sueño, él y sólo él. Pero no quise ni quería reconocerlo y ahora lo tenía delante, con la verdad en los labios, en los mismos labios que yo había besado en sueños, con los ojos húmedos y la mirada tranquila y expectante, pidiéndome un gesto, una mirada de cariño para poder abrazarme.

Quedé callado. Me bebí lo que quedaba en la copa de coñac de un golpe y, mirándole fijamente, dije, subiendo de forma paulatina el tono y encolerizándome por momentos:

—Es imposible. A ti lo que te pasa es que eres un maricón de tomo y lomo. Te has inventado toda esta historia, quién sabe si en compañía de Ricardo, para amargarme la vida. Pero te has equivocado de punta a punta. Ni tú ni nadie va a conseguir que yo admita semejante guarrada. El maricón lo será tu padre, ¿me entiendes? Y no quiero hablar más del tema; coge la bolsa y desaparece de mi vista. No quiero volver a verte delante de mí ni oír tu nombre. ¿Lo tienes claro? —y, señalándole la puerta con la mano, grité— ¡Fuera! ¡Fuera! ¡Ahora mismo!

Carlos se quedó mirándome como si yo fuese otra persona y no la que él conocía. Atónito, los ojos y la boca abiertos, embobado, sin saber reaccionar, como si acabara de encontrarse con un extraterrestre.

Así se quedó mientras yo le repetía el gesto y la frase una y otra vez. De pronto me miró a los ojos fijamente y dijo sin la menor carga de agresividad:

—Rafa, ¿tú estás loco? No puede ser que reacciones de esta manera. No puedes negar lo que positivamente sabes que es cierto. Tú eres más inteligente que todo eso, no puedes decir que es mentira, con la boca, lo que dice ser verdad con tus ojos. Que no quieras ver más allá lo entiendo; es una cobardía pero lo entiendo. Pero que me quieras negar una parte de tu ser me parece cruel y hasta masoquista. Me marcho pero, al contrario de lo que tú me pides, quiero que sepas que siempre estaré esperando que me llames o me busques. Y que cuando te quedes tú solo con tu verdad, la única verdad, pienses en todo el daño que te haces. Yo ya no cuento, pero tú sí, y eres tú lo más importante de tu vida. Piensa en ello, por favor.

Mi yo más antiguo sonreía satisfecho, aunque podía apreciarse un cierto rubor en sus mejillas. A pesar de su hipocresía, no debía de tenerlas todas consigo. Mi yo más nuevo andaba entre la rendición y el asqueamiento.

Lo miré y vi en su rostro un espejo limpio. Me apartaba ya para ir hacia la puerta, cuando me miró con tanto cariño y tanta pena a la vez que me sentí como debió sentirse Judas ante Jesús. Pese a todo no me moví una micra ni permití que mi cara cambiara de expresión. Camino de la puerta recogió la bolsa de deportes que estaba sobre la mesa de la cocina. En el momento en que descorría el pestillo de la puerta de la calle, le dije:

—Carlos, ¿por qué me has dicho todo esto?

—Porque te quiero y porque no quiero que tú pases las noches y las horas que yo he pasado y paso para admitir que sí soy homosexual, si por eso se entiende enamorarse de un hombre y desearlo. Porque no quiero que tú tengas que llorar ahora y darte cuenta, dentro de unos años, de que tu vida, o parte de ella al menos, desde hoy, ha sido una farsa y una mentira que tú mismo has criado y alimentado por carecer de eso de lo que tanto presumes. Cojones.

Esta vez fue él quien no me dio tiempo a reaccionar. Se marchó cerrando la puerta detrás de él. En mi cabeza resonaba aún el eco de sus palabras: Cojones. Decir que yo no tenía cojones...

Mis dos *yoes*, a estas alturas, ya ni peleaban. Estaban los dos quietos, encogiditos de hombros; no se atrevían ni a mirarse.

CUANDO QUISE DARME CUENTA

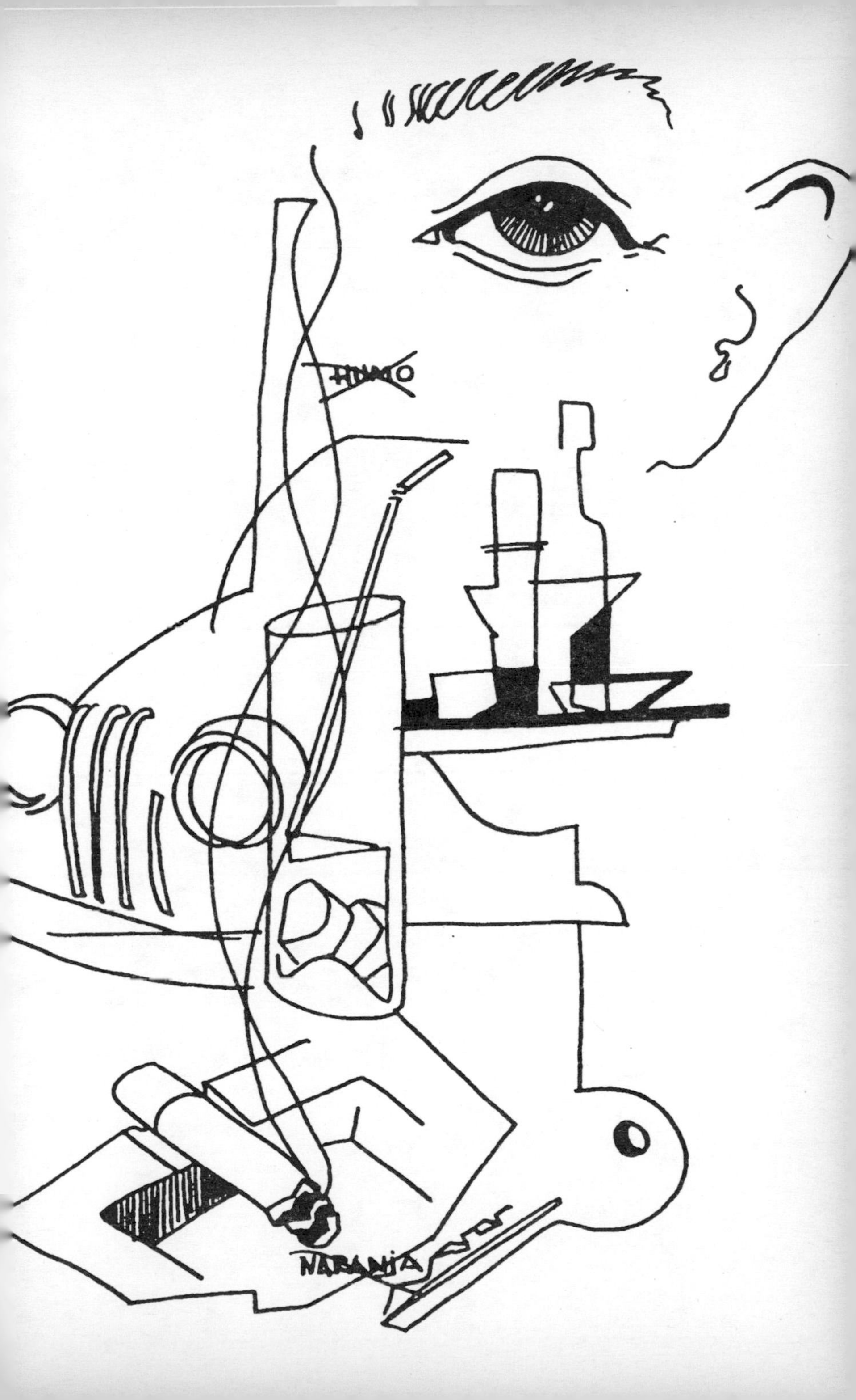
NARANJA

Cuando quise darme cuenta y corrí hacia la cocina para hablar por el telefonillo, sólo llegué a oír el arrancar de un coche y el silencio de la calle a aquellas horas. Me senté en el sofá como si todo aquello no hubiera pasado, preguntándome por qué no le había dado una hostia o por qué le había dejado marchar.

Olvidándome de que había sido yo quien le había echado, y no sólo una vez, sino varias, no entendía nada. ¿Qué me estaba pasando, Dios mío?

Mi yo más antiguo y mi yo más moderno tampoco entendían nada; nada de nada.

A mí. Todo un hombre de cuarenta años, con la vida ya marcada y cosida, con todo calculado y solucionado. Ahora que los conciertos empezaban a funcionar. Ahora que con Isa todo iba como las rosas, tanto en nuestras relaciones personales como sexuales. ¿Por qué a mí? ¿Es que esto le pasa a todo el mundo?

Por añadidura era cierto todo lo que Carlos me había dicho. Él no mentía. Pero no podía ser que «un mierda de veintipoquísimos años» me descubriera algo tan serio y trágico a la vez como que yo pudiera ser, como él era, homosexual.

Por un momento pensé que todo aquello no había ocurrido y que tanto tiempo sin trabajar traía consigo estas consecuencias. Consideré dar una vuelta, pero ya era demasiado tarde. Me duché y me hice el firme propósito de llamar a Jaime, un amigo psiquiatra con el que tenía plena confianza y que me conocía, tanto a mí como a Isa, por algunas cosillas en las que nos había echado una mano. Cosas de nuestro matrimonio. Me metí en la cama y empecé a leer un libro, ahora no recuerdo cuál, ni creo que en aquel momento supiera lo qué leía. Ya cansado, apagué la luz. Medio adormilado estaba, cuando sonó el teléfono. Me levanté de mal humor y decidido a que, si era Carlos, se iba a enterar. No era él, sino Ricardo que llamaba, según supuse por el follón que se podía oír, desde el famoso club.

—¿Rafa? Soy Ricardo. ¿Estás solo?

Pensé que podría matarlo si lo tuviera delante. Con voz retorcida, le contesté.

—Si querido, no como tú. —Y, cambiando de tono, agregué— Déjame en paz y no me llames más.

Puse el contestador automático y me tomé una pastilla para dormir. Tenía que hacerlo si quería descansar. La poca noche que me quedaba debía de aprovecharla o podía acabar histérico y no era plan. Volví a meterme en la cama, no sin antes cerrar la puerta por dentro. No quería bromitas de Ricardo, al menos esa noche.

No recuerdo en qué momento me quedé dormido, pero sí que la última imagen que guardó mi cerebro fue la de los ojos de Carlos antes de cerrar la puerta para marcharse. De eso sí que me acuerdo y es que, aún hoy, en algunos ratos de soledad, vuelve a mi cabeza, trayéndome todo lo que él dijo aquella noche.

Los siete días siguientes transcurrieron en lucha conmigo mismo; intensos y variados como las fiestas de verano en el agosto español, repletos de negros y rojos, de entradas sin salidas en laberintos de emociones. Parecía que el propio tiempo disfrutaba contemplando su extinción.

Si Ricardo notó algo, no lo dijo. Él también libraba una batalla —la suya de rescate— y no estaba para atender emociones ni cambios de talante en el prójimo.

Durante toda aquella semana estuve obsesionado con el teléfono, el contestador y el vídeo. Por los tres y en este orden. Esperaba la llamada de Carlos, que nunca llegó, o un recado en el contestador, que nunca fue grabado. Más la eterna escena de la ducha en la película de «El expreso...». Tres cosas y tres nuevas cuerdas que me ataban cada vez más, conjuntamente con el recuerdo limpio y neto de aquella última conversación con Carlos.

Quise ocupar mi tiempo en componer y arreglar nuevas piezas, pero todo desembocaba en una espiral que llegaba siempre al mismo punto: Carlos. Rompí tanto papel pautado borrando con la goma, que más que un músico parecía una termita royendo galerías en hojas de papel. Más de una vez, con el teléfono en las manos, empecé a marcar el número de la casa de doña Carmen, pero algo me hacía colgar el auricular razonando que aquello era una chiquillada. También me acerqué al pub en el que trabajaba Carlos pero, a pocos metros de la puerta, volvía sobre mis pasos y paraba un taxi, huyendo de allí como alma que lleva al diablo dentro de su propio pellejo.

Empezó a dolerme todo el cuerpo. Me sentía cansado. Cada día sostenía una pelea nueva con un titán desconocido, sin saber y sabiendo que era yo mismo, mi yo irreflejable e hipócrita, tan falso como la bisutería de un espectáculo de cabaret y tan irreflejable como la sombra de un fantasma.

Para entonces mis dos *yoes* habían establecido una tregua tácita. De momento parecía que ninguno de ellos saldría triunfante.

Por primera vez manifesté un carácter agresivo y poco tolerante. Sé que en muchos momentos hice de Ricardo mi víctima, pero nada dijo, pensando que eran él y su forma de vivir quienes me producían aquel estado, ignoraba que era yo mismo el promotor y el actor de la obra, así como el único espectador de la misma. Yo y sólo yo era el arquitecto de aquella torre de Babel incompresible, porque era yo mismo el que no quería utilizar el diccionario para que las distintas lenguas se encontraran y así tener una disculpa para no dar solución a las preguntas que, en cada una de ellas, se me hacían.

En algún momento de alguna noche —porque entonces el tiempo no tenía medida—, me ofrecí para acompañar a Ricardo a uno de esos clubs a los que él iba, pretextando querer conocerlos para que no dijera que era un machista y, sobre todo, para limar asperezas, las que últimamente yo mismo había fabricado. Estaba claro que no era ese el motivo de mi ofrecimiento. Yo quería saber si Carlos había vuelto por allí y cómo eran aquellos lugares que a mí se me antojaban tan cutres y deprimentes. Pero no fue como esperaba y me sorprendió comprobar que, al menos en aquél que ellos frecuentaban, no había demasiadas «locas» y todo parecía bastante normal.

Aún así no pude evitar pedirle a Ricardo que no se alejara mucho de mí.

—No te va a comer nadie, Rafa; no sufras, ya he dejado correr que tú «no entiendes».

—Desde luego que no, ni una palabra.

Durante el tiempo que estuve allí dentro, me fui fijando en todas las miradas que se ponían a mi alcance y pude comprobar con qué descaro me la devolvían, a veces hasta con osadía, a veces jugando a un coqueteo femenino que me asqueaba. Pero en ninguna de ellas, y fueron muchas las cotejadas, pude encontrar aquella mirada cálida de color miel caramelo que Carlos sabía poner, dejando escapar un brillo azulado por la curva de la retina al tiempo que sus pestañas barrían lentamente, como una cortina veneciana de seda, todo el ojo de abajo arriba, de arriba abajo.

Algo más que miradas ocasionales me hacía sentir especialmente incómodo: me estaban observando, y el grado de incomodidad fue aumentando en cuanto Ricardo me hizo saber que unos amigos suyos querían conocerme. En ese momento comprendí cómo debía de sentirse un homosexual observado por un grupo de machistas hispánicos. Así me sentía yo, una novedad en un bazar nocturno.

—Ricardo, vámonos de aquí, por favor.

No puso ningún impedimento y, ya camino de casa, dijo:

—Comprendo que no te sintieras cómodo allí dentro, siendo como eres.

—Mira, vamos a olvidar esta salida; preferiría incluso que no volviéramos a hablar de ella.

Aquello le gustó a Ricardo. Para él aquella salida fue la ceremonia que sella una amistad cómplice en el secreto.

No recurrí al psiquiatra; decidí que era una tontería. Realmente no era esa la razón. Esa fue la disculpa, pero la verdad era que no quería que nadie pudiera saber lo que me estaba pasando, y menos alguien que me conocía tan bien.

Parece que durante la siguiente semana y debido al trabajo que se me agolpaba, el tema de Carlos fue cediendo como una enfermedad después del primer tratamiento, aunque eso no quería decir que hubiera desaparecido ni mucho menos. Seguía latente en mí y de una forma que empezaba a tener síntomas crónicos.

Tuve carta de Isa contándome sus éxitos y las ganas que tenía de verme y estar conmigo. Comentaba que, por mucho que dijeran sus amigas, los italianos, comparados con su españolito, que era yo, nada tenían que hacer. Parecerá que esta carta supuso una ventana abierta a mi problema, pero, pasados unos días, volvió a cerrarse y con más fuerza, dejando en mi interior una atmósfera más callada de conflicto y ambigüedad.

Ricardo me invitó a que le acompañara otro día y así

podría conocer a su amigo. Acepté. Sentía curiosidad por conocer al personaje que había conseguido que Ricardo tomara una decisión tan definitiva. Ocurrió entre semana, por la noche, serían las diez; esperábamos en la cafetería de al lado de casa, cuando Ricardo se incorporó en su taburete y sonrojándose pronunció su nombre (que nunca recordaré, como si mi fuero interno se negara a admitir que eran felices). Yo también me levanté para saludarlo, y he de admitir que su aspecto no era el que yo esperaba. Lejos de ser un enclenque afeminado, el «amigo de mi amigo» era un hombre grande —un metro ochenta aproximadamente—, con enormes ojos y espesas cejas, moreno, de pelo castaño y peinado hacia atrás. Tenía las manos cuidadas y olía a alguna colonia fresca ya mezclada con su piel. Vestía una chaqueta *sport*, camisa blanca, corbata discreta y pantalón azul marino, y sobre su expresión sonriente cabía la duda de una mueca burlona.

—Bueno, Rafa, aquí lo tienes —y, mirando a su amigo, continuó:

—Este es el tema de tus celos, y como ves no será porque no tenga buena planta, pero quédate tranquilo que no es de los nuestros, que si lo fuera no se escapaba.

Muy a gusto le habría dado un par de puñetazos, pero supe reprimirme a tiempo.

—No seas imbécil —me limite a decir. Miré al desconocido, dibujando (en mi mejor esfuerzo) una sonrisa amable, y continué:

—No le des importancia. A Ricardo siempre le han apasionado las situaciones violentas y parece que ahora pretende disfrutar a nuestra costa.

El amigo grande de Ricardo hizo un gesto de aprobación seguido de un suave carraspeo y comentó algo sobre su viaje, lo que dio pie a cambiar de conversación sin más tensiones.

Hablamos de todo, música, teatro, cine y hasta del tiempo; siempre se empieza o se acaba hablando del tiempo. Yo los contemplaba, comprobando que, cuando sus miradas se cruzaban, había algo parecido al amor en su mensaje.

Hubiera querido gritarles, en mi envidia. (¿Envidia?) ¡Yo también soy feliz! Naturalmente ordené a mis palabras que no salieran y éstas, obedientes, se ahogaron en mi garganta para que nunca más se supiese de ellas.

Ricardo sugirió ir a un club. Yo me disculpé alegando cansancio. Me daba vergüenza que alguien pudiera verme en uno de aquellos clubs. Al fin y al cabo no eran diferentes los hombres que se pudiese encontrar allí, entendiendo por «diferentes» que no iban disfrazados ni maquillados, ni eran afeminados, sino que por el contrario podrían encajar dentro de los cánones de imagen viril que los más carcas tienen a bien admitir.

Volví durante aquellas semanas a mis círculos habituales de cafés y tertulias de gente del jazz, pero el problema seguía allí, porque en todos o casi todos los camareros intentaba encontrar algo de aquel muchacho que me había cantado las cuarenta en bastos y sin copas. A pesar de que mi fijación por él no había desaparecido, tengo que reconocer que poco a poco iba diluyéndose su presencia en mi presente, muy poco a poco, eso sí, pero desaparecía.

Un día, mientras paseaba, toda la niebla que había ido borrando la imagen de Carlos se despejó de golpe, devolviéndola tan nítida a mi mente que reconozco que me asusté. Fue cuando, inesperadamente además, apareció ante mí un camión de transportes con las letras grabadas T. y A., pintadas en color rojo y remarcadas en negro, que abreviaban —luego me enteré leyendo todo el lateral del camión—, «Transportes Andrade». Pero yo no vi todo eso, sino tan sólo un T. A. gigantesco que recordaba al de la primera nota, nota que empezó a gotear otra vez en mi mente y que, siempre desde aquel día, sigue en mi cartera, ya sobada por el tiempo, abrazando aquella vieja y entrañable estampa de la Inmaculada que mi madre me regaló.

Había pasado más o menos un mes, no lo recuerdo bien, cuando un día, a la hora de comer y justo cuando estábamos a punto de bajar Ricardo y yo a la cafetería, sonó el teléfono y lo cogí yo. No contaba con oír la voz de Carlos:

—¿Rafa?

—Sí, soy yo, ¿quién es?

—Yo, Carlos. Pero tranquilo, sólo llamo para decirte que la semana que viene, el viernes, me voy a Ibiza. He encontrado un buen empleo y no quiero desaprovecharlo. Nada más, y si te he molestado perdona.

Este muchacho siempre pedía perdón antes de lanzarme encima una granada de mano.

—¿Cómo que nada más? O sea, que me llamas para decirme... —en ese momento me di cuenta de que Ricardo escuchaba y no continué con el tema y mucho menos en aquel tono— ¡Vale! Gracias por el recado, ya te veré antes.

—Adiós —y colgó.

—Adiós —aunque él ya había colgado.

Ricardo intentó sonsacarme pero no lo consiguió; tan solo obtuvo una mentira y, por lo visto, muy bien contada, porque la admitió sin rechistar.

Comimos en el mismo sitio de siempre y, después de trabajar un poco sobre un tema algo difícil, con la disculpa de visitar a unos viejos amigos a los que debía una charla y una cena, salí de casa. Serían las diez de la noche.

La noche estaba fría y la humedad calaba la esperanza, pero decidí no subir a un taxi e ir andando hacia el pub donde trabajaba Carlos. De este modo tendría tiempo para pensar cómo le iba a explicar este nuevo comportamiento de ahora, después de haberle echado del apartamento aquella noche. ¡Y de qué forma!

Cuando llegué, Carlos no estaba. Había ido a cenar. Me acerqué, aprovechando el rato, a una cafetería que había allí cerca para tomar algo. Cuando entré volví a notar sobre mí aquella mirada de hacía tanto tiempo y, aunque no sabía de dónde venía, sabía que me miraban, sabía quién era, pero no dónde estaba. Lentamente fui buscando los ojos que me observaban, sabiendo que ellos eran conscientes de lo que hacía. No me ayudó, no se movió siquiera. Bien, primer mensaje: no estaba por facilitarme las cosas para que pudiera encontrarle. Esperó a que mis ojos se encontraran con los suyos y sonrió, divertido con el juego.

Fui hasta la mesa donde se encontraba. Después de saludarlo, no sin nerviosismo, me senté en una silla enfrente de él y llamé al camarero.

Debía intentar comer algo, por si después las copas pudieran desbaratar una charla tranquila.

Me interesé por su nuevo trabajo e intenté averiguar, solapadamente, por qué no había llamado antes. No se mostraba muy comunicativo que dijéramos. En menos de un minuto se despachó mi curiosidad.

—Me marcho porque el trabajo que me ofrecen es mucho más importante. Sería una tontería no aprovechar esta oportunidad. Allí seré el encargado y aunque el cargo será compartido —precisamente con el mismo que me ha ofrecido el puesto— siempre será más interesante que seguir de simple *camata* en un pub. Ya tengo veintiséis años. Debo pensar un poco en mi futuro.

Intenté mostrarme encantado con sus buenas perspectivas, pero no conseguí ser más expansivo que él mismo.

—Me alegro mucho por ti.

—Gracias.

Me tomé una ensalada y un poco de carne, en silencio, sin paladearlas. Toda mi atención la tenía Carlos.

Por un momento pasó por mi mente decirle que había tenido razón en sus planteamientos de aquella noche, pero mi boca no podía articular las palabras que definían mis ideas. Me resultaba del todo imposible hacerlo. Aparentemente nada traslucía mi rostro porque Carlos nada notaba o, si lo hacía, no daba la más mínima muestra de que así fuera.

Desde luego ésta no prometía ser la más feliz de mis cenas. Pedí una manzanilla.

Parece que a pesar de todo debió de adivinar, cuando menos el rumbo de mis cábalas, porque, aunque sólo fuera por casualidad, cuando yo acababa de beberme la infusión, dijo, sin variar ni un grado el ángulo de su cuello sobre el plato vacío con el que jugaba:

—Creo que deberíamos hablar, Rafa. Al menos yo sí querría contarte alguna cosa.

Y esa «alguna cosa» no la olvidaré en mi vida, como tampoco podré olvidar la decisión que, a raíz de ello, tomé.

Son muy pequeños los espacios del olvido para albergar todo un meridiano, el de mi vida a partir de entonces.

Salimos de cenar y, camino del pub, Carlos me paró en la calle y me dijo sin más preámbulos:

—Rafa, lo que te voy a pedir es tan importante para mí como para ti y no quiero que me respondas ahora. Tienes tiempo hasta el viernes de la semana que viene, que es cuando me marcho. Será en el vuelo de las doce y cuarto de la mañana. Luego ya será otro tiempo y ese tiempo depende de ti y no de mí.

—¿Qué quieres decir con que dependerá de mí?

—Rafa, quiero pedirte que vengas conmigo un tiempo, mientras preparas tus conciertos de la próxima temporada. Que intentemos convivir y empecemos una relación, si es que eso es posible. Necesitamos comprobar si es cierto lo que yo pienso y tú niegas o todo lo contrario. Quiero intentarlo; no dejar esa duda encerrada dentro de nosotros durante toda una vida, que sería tanto como alimentar, para que crezca, a un cocodrilo en nuestro corazón.

No pude evitar visualizar el cocodrilo.

Carlos continuaba.

—Sólo eso y nada más. Yo trabajaré y tú también. Nadie tiene que saberlo, sería algo entre nosotros dos, que si sale puede ser maravilloso y, si se truncara, al menos tendríamos la seguridad de haberlo intentado. No hubiera querido decírtelo así, atropelladamente y en la calle, pero tengo que irme a trabajar y seguramente no tendré mejor ocasión. Además creo que no importan tanto los sitios en los que se dicen las cosas, como las cosas en sí mismas. Piénsalo, Rafa, para mí también es una lucha, distinta a la tuya, pero lucha.

Empezó a andar hacia el pub dejándome atrás. No habría avanzado cinco pasos cuando giró sobre sus talones.

—Rafa, no me llames para explicarme nada, sólo tienes que aparecer en el aeropuerto el viernes, el resto ya se hablará, pero, al menos, da tú ese paso, un paso que yo no puedo dar por ti. ¡Te quiero!

Desapareció inmediatamente; fue todo tan fugaz como el soplo de viento que roza una mejilla. Permanecí en la acera, quieto, con las manos en los bolsillos, con la mirada puesta en su estela, ya imaginaria; y sobre ella un firmamento en el que no había nubes que taparan las estrellas.

Debí pasar mucho tiempo en aquella posición. Noté que el frío entraba en mi cuerpo igual que una serpiente lenta y meticulosa cubriendo todos los rincones. Caminé despacio, sonámbulo, sumergido en el sueño de las palabras de Carlos.

No sé cuanto tardé en llegar al apartamento. Cuando el claxon de un taxi me devolvió a la realidad y miré el reloj, eran ya las doce de la noche. La luna lucía en el cielo en cuarto menguante, queriendo marcar el tiempo que me quedaba hasta el viernes de la semana siguiente, es decir, ocho días. Ocho días tan solo para decidir sobre algo que para empezar no estaba dispuesto a admitir, mi homosexualidad naciente, el crecimiento dentro de mí de una necesidad distinta de amar, como si de una infanta se tratara, una joven e inocente infanta a quien le preparan los esponsales y sólo conoce las muñecas, no a los caballeros —porque ella no sabe nada del amor, de ese amor de lanzas en ristre para el torneo diario— que, entre sí, se diferencian solamente por el colorido de sus penachos.

Tan solo ocho días eran los que me quedaban para decidir entre dos opciones contenidas en mí; y complementarias a la vez, un *yin* y un *yang*, mi yo más antiguo y mi yo más nuevo, que últimamente ni me hablaban: ¡hasta a ellos les había cansado mi ambigüedad!

Blanco y negro. No quería, no debía optar por un mediocre gris. Sin embargo tanto mis *yoes* como yo sabíamos que esa era la decisión de antemano tomada y que toda esta aparente meditación no era más que una falacia, posiblemente una, entre muchas que la seguirían.

Si era cierto que para mí mismo admitía un cierto cariño hacia Carlos y la tranquilidad y el sosiego que me proporcionaba su presencia, también era cierto que no podía aceptar que existiera esa tendencia en mí, tan clara como Carlos la quería señalar. Posiblemente fuese verdad todo lo que él había argumentado, pero no el planteamiento, dado que de haber sido efectivamente así, todo habría ocurrido a espaldas de mi voluntad.

Sabía perfectamente, por el cariz que estaban tomando mis pequeños acontecimientos, que entre mis *yoes* —ya de acuerdo entre ellos— y Carlos —cómplice inadvertido— me estaban llevando a un callejón sin salida, pero mi congénito conservadurismo no se daba aún por derrotado.

Podría resultar que fuese tan sólo una obsesión, como otras muchas que alguna vez habían anidado en mi cerebro hasta que un día hacen las maletas y desaparecen.

El constante recuerdo de Isa hacía más difícil y conflictivo mi razonamiento. Era su presencia la que, cuando parecía decidirme por mi yo más nuevo, conseguía la capitulación incondicional de todos mis últimos propósitos y un análisis totalmente machista de la situación. Pero es que también era legítimo todo lo que nuestra vinculación suponía. Yo era un hombre y, como tal, mis apetencias sexuales con respecto a las mujeres eran del todo normales. Eso estaba claro; y no sólo mis apetencias, también mi comportamiento, en lo que al sexo se refiere, era del todo satisfactorio y normal. Sé que esto lo corroboraba siempre Isa cuando salía el tema con los amigos comunes; incluso me había acarreado más de un cachondeo en alguna reunión. ¿Qué pensarían de mí si alguno de ellos descubriera no sólo las dudas que correteaban por mi interior, sino que cabía la posibilidad de que fuese homosexual?

Sería suficiente para convertirme en la comidilla de todos ellos, y la pobre Isa, allá donde fuera, apuntada con el dedo: «Mírala, se casó con un homosexual». Ella lo negaría rotundamente, pero ya veo la cara de su madre y las habladurías sobre el tema; dignos de un serial de Sautier Casaseca en los mejores años de postguerra.

Ni siquiera me atreví a hacerle un comentario a Ricardo, ¡Dios me libre!; habría sido como dar cuartos al pregonero. ¡Desconsiderado totalmente!, máxime pensando en el concepto que tenía de mí. Estaba solo y sin poder compartir con nadie todo aquel angustioso mare mágnum.

Ocho días tan sólo. Parecían pocos, pero se hacía eterno sobrellevarlos. Cada uno de ellos estaba apretado a sí mismo como un fajo de billetes sujeto por un elástico, asfixiado por el centro y abierto en los lados como un loco abanico. Ocho días, y el primero ya había sido una tormenta. La cabeza me daba vueltas como una noria sin freno. No podría resistirlo. Me trastornaría, giraría así, sobre mí mismo, para toda la eternidad. Se diría que el mismísimo Kafka fuera el autor de este guión en el que Carlos y él se habían puesto de acuerdo para convertirme en protagonista.

¡Pobre Carlos! Cuántos cómplices le estaba adjudicando.

Medité sobre lo que podría ocurrir si decidía irme a Ibiza,

no desde un ángulo abiertamente homosexual, sino considerando que a partir de ahí podría suceder cualquier cosa. Parecía lógico. Estaríamos en el mismo apartamento, comeríamos juntos y dormiríamos en camas separadas, pero cada vez que llegaba a ese punto volvía a mi memoria aquel sueño, el único sueño, y entonces nos imaginaba durmiendo en el mismo lecho. Parecía verlo: Carlos acurrucado entre mis brazos con la mirada traviesa y los rizos sobre la frente, y yo abrazándolo como si de un hijo, al que quisiera proteger de todo, se tratara, sereno, con la mirada clavada en el infinito. Así lo veía aunque no quisiera verlo. Forzaba la desaparición de la imagen temiendo avanzar por ese camino. ¿Qué podríamos hacer?, ¿acariciarnos?, ¿besarnos?; no, no creo; de mí no saldrían esos gestos y a buen seguro que tampoco los permitiría. Pensarlo tampoco me producía repulsión. No, sencillamente no podía admitir en mí este tipo de cosas que, por otra parte, sólo estaba suponiendo. No tenía ni el menor conocimiento. Esta curiosidad morbosa era nueva. Recordé quizá haber leído que, en ese tipo de sexo, no todo era la penetración de uno a otro, sino que más parecía ser todo un juego erótico con miles de puntos en común; dos cuerpos iguales que juegan con ventaja lúdica a la misma apuesta heterosexual en que insistimos el resto. Bien, aún así no podía siquiera imaginarme a mí mismo en aquellas situaciones.

Días como las hojas de una vieja Biblia que, por los años y el uso, se juntan unas a otras dificultando su separación. Cada uno, una larga partida de ajedrez donde el contrario era yo mismo, conocedor de antemano de las jugadas del oponente que aún así insiste, pretendiendo avanzar en cada movimiento.

Todo estaba claro el miércoles por la tarde. No iría. Era completamente absurdo. De esta manera ni Carlos ni yo tendríamos más problemas. Pasados unos meses aquello se iría amansando y las aguas de nuestras mutuas vidas volverían a sus cauces habituales.

Aunque no era ese el pacto, lo llamé al pub. No pude hablar con él, ya se había despedido. Llamé a su casa con el propósito de comunicarle mi decisión, pero doña Carmen me explicó que había ido con un amigo, su mujer y los niños a una casa que éste tenía en la sierra. Tengo que reconocer que al oír lo de la mujer y los niños sentí cierta tranquilidad, tranquilidad que no duró mucho. Decidí no llamarle más; cuando viera que no aparecía ya lo daría todo por hablado. Convencido que así sería, me esforcé por concentrarme en otras cosas.

Mi yo más antiguo y mi yo más nuevo se despidieron deportivamente uno de otro. Mi yo más nuevo se preparó para marcharse, derrotado.

Dando el asunto por zanjado pasé un jueves tranquilo, hasta que llegó la hora de dormir. Tomé una pastilla pero, en lugar de ayudarme a conciliar el sueño, a mitad de la noche entré en una vigilia en la que mi cerebro recomenzó la lucha contra la decisión tomada.

Parecía que la noche no iba a acabar nunca y durante toda ella los recuerdos de Carlos se fueron agolpando cada vez más: la ducha, el sueño, aquel beso, la imagen entremezclada de la secuencia del film «El expreso de medianoche», Ricardo y su nueva historia, los dos maricones del bingo, las miradas en el club. Todo aquello era goyesco, uno de sus aguafuertes más crueles y reales. De nuevo temí enloquecer; suerte que Ricardo aquella noche no dormía en casa. No me hubiera gustado que me viera de este modo, rozando la paranoia.

Me metí en la ducha con la esperanza de borrar con el agua toda la pesadilla, pero no sirvió más que para despejarme y así poder disfrutar más despierto de mi sufrimiento.

A medida que el viernes crecía en las agujas de mi despertador, aumentaba en mí la necesidad de correr hacia el aeropuerto, tan agobiado por el síndrome como un drogadicto tras su «camello»: Pura ansia.

Tenía el pijama completamente empapado de sudor. La

cama, totalmente deshecha, parecía haber sufrido los embates de un ciclón. Miré el reloj. Eran las nueve y media; el segundero llevaba una vertiginosa carrera.

Fui de nuevo al cuarto de baño para ducharme. Cuando terminé me lancé hacia el reloj como si en ello me fuera la vida. Casi le pego un trompazo al comprobar que eran ya las diez y cinco, ¡no podía creerlo! Precipitadamente tomé un maletín de viaje y puse en él todo lo necesario para una estancia corta. Ya era fácil para mí eso de hacer maletas y bolsos de viaje; había adquirido en mi profesión el preciso conocimiento de qué es lo que hay que meter y lo que no hace falta llevar en una maleta. Pensé dejarle una nota a Ricardo, pero luego decidí que le llamaría desde donde estuviera; sería mucho mejor así.

Bajaba en el ascensor pensando en que aquello no podría salir bien, pero alguien me llamaba insistentemente y ese alguien estaba dentro de mí. Con piernas temblorosas paré a un taxi y dije al taxista que me llevara a «Salidas Nacionales». De un vistazo al reloj comprobé que ya eran las diez y media. Volví a dirigirme al taxista para pedirle que fuera lo más rápido que pudiera. Imposible ir más aprisa, parecía que habían salido todos a la misma hora, como si una ciudad entera hubiera concertado una cita multitudinaria en el aeropuerto. Pero no era eso.

Pronto pudimos comprobar a través de la radio que se trataba tan sólo de unos controles de la policía a causa de un atentado ocurrido aquella madrugada.

El paso del mencionado control fue una santa procesión, con *vía crucis* incluido, en la que en cada estación se rezaba, entero, el santo catecismo. Cuando llegamos al aeropuerto ya eran las doce menos cinco. Corrí como un auténtico desesperado por los pasillos, pegando con el maletín a quien tuviese la mala fortuna de ponerse por delante, apartando todo el aire que me rodeaba para poder avanzar más.

El vuelo ya estaba cerrado. De todas formas, aun antes de estar cerrado, estaba completo. No pregunté cuándo salía el próximo, tan solo empecé a andar por los pasillos del aeropuerto, ahora ya sin prisa, preguntándome sin entusiasmo el porqué de todo aquello mientras me dirigía hacia los ventanales desde detrás de los cuales puede verse despegar a los aviones. Me paré delante de uno de ellos con la nariz pegada al cristal, igual que un niño ante una tienda de juguetes sabiendo que no tendrá ninguno.

Anunciaron la salida inmediata del vuelo y vi cómo despegaba un avión de Iberia. Pensé que era aquél en el que yo tendría que haber salido y casi podía asegurar que lo era. Volví sobre mis pasos arrastrando el maletín con la mano derecha. Tenía la impresión de ser contemplado por todo el que pasaba, como si cada una de aquellas personas supieran lo que había ocurrido y me juzgaran. Fue un recorrido largo. Desperté de aquella sensación cuando, después de abrirse las puertas automáticas, un soplo de aire frío me golpeo la cara y me hizo volver a la realidad.

Otra vez un taxi. Di la dirección del apartamento y el taxista, después de bajar bandera, me preguntó:

—Perdón, señor, ¿le molesta la música clásica?

—No, en absoluto, por mí puede seguir escuchándola.

Fue entonces cuando, por primera vez, esta pieza de Ravel tantas veces oída, nos acompañó, camino de casa, a mí, a mi yo más antiguo y al hasta ahora más fatuo de todos mis razonamientos.

Todo había acabado. Ni Isa ni Ricardo sabían nada de aquel asunto. Tan sólo Carlos, él nada diría; siempre sería más fuerte su cariño que sus deseos de hacerme daño, si es que alguna vez pudiera tenerlos, y ¿para qué darle más vueltas al tema? Todo había terminado. Ya estaba dicho. Me acurruqué en el asiento. Contemplé a través de la ventanilla del coche cómo dejaban su estela en el cristal las gotas de lluvia. Pensé que el tiempo me daría la razón en cuanto a todo lo sucedido, mientras el aroma a violetas de la «Pavana» hacía que el oxígeno dentro del taxi se fuera espesando, como si quisiera acompañar en su agonía a aquella infanta que había nacido en mí y que yo no dejaba crecer por temor al qué dirán ellos; los otros.

NO SÉ CUÁNTO TIEMPO
HABRÁ PASADO DESDE QUE MIS
RECUERDOS ME ROBARON EL PRESENTE

No sé cuánto tiempo habrá pasado desde que mis recuerdos me robaron el presente. Al tocadiscos hace rato que se le han acabado los surcos. La noche era ya una presencia oscura y la habitación, en este tiempo transcurrido, se ha llenado de pitidos del tren de cercanías.

¿Qué será de Carlos? A lo largo de estos diez años nada he sabido de él. El primer año ni siquiera lo intenté. Estaba muy seguro de haber tomado la decisión correcta. Pero luego todo se ha complicado. Mis dudas nunca se extinguieron, la separación de Isabel, que nunca se enteró de cuál era el verdadero problema, y esta vida en solitario que, día a día, poco a poco, se me hace más dura de llevar. Es verdad que tengo una satisfacción. En lo tocante a la música, todo va sobre ruedas. Nos hemos convertido en uno de los mejores grupos de jazz de Europa; seguimos siendo los cuatro de siempre, y los cuatro cada uno por su lado.

A veces me parece notar que Ricardo intuye algo, pero no le doy ni pie ni datos para que vaya más allá. Alguna vez le he acompañado a uno de sus clubs, pero él sigue pensando que soy un machazo de tomo y lomo. Qué mal sabe él que, cuando no me mira, busco en todas las miradas una que me recuerde la de Carlos y que muchas veces me gustaría tenerlo, como durante aquel primer sueño agitado de hace tanto tiempo, que aún ahora recuerdo como si hubiera sido ayer. Un sueño que, con otros, y en el transcurso de estos años, he intentado hacer realidad, sin haber conseguido que ninguno dejara el menor recuerdo en mí. Sólo son viajeros en una estación de paso que nunca dicen de dónde vienen y raras veces a dónde van.

Hay ocasiones en las que pienso en Ricardo y en su historia. No creo, por desgracia, que a mí me aguarde otra igual. Es muy difícil que dos historiadores que se conocen tengan la misma historia que contar o que una misma sea contada igual por dos personas diferentes. Aún así no pierdo la esperanza y, si llegara a ocurrir, rompería para siempre la tarjeta de «Verdi. Don Carlo, camarero. T. A.» que aún guardo en mí.

Acabado de escribir cuando los hielos queman las primeras flores de almendro en el Mediterráneo

MONCHO BORRAJO

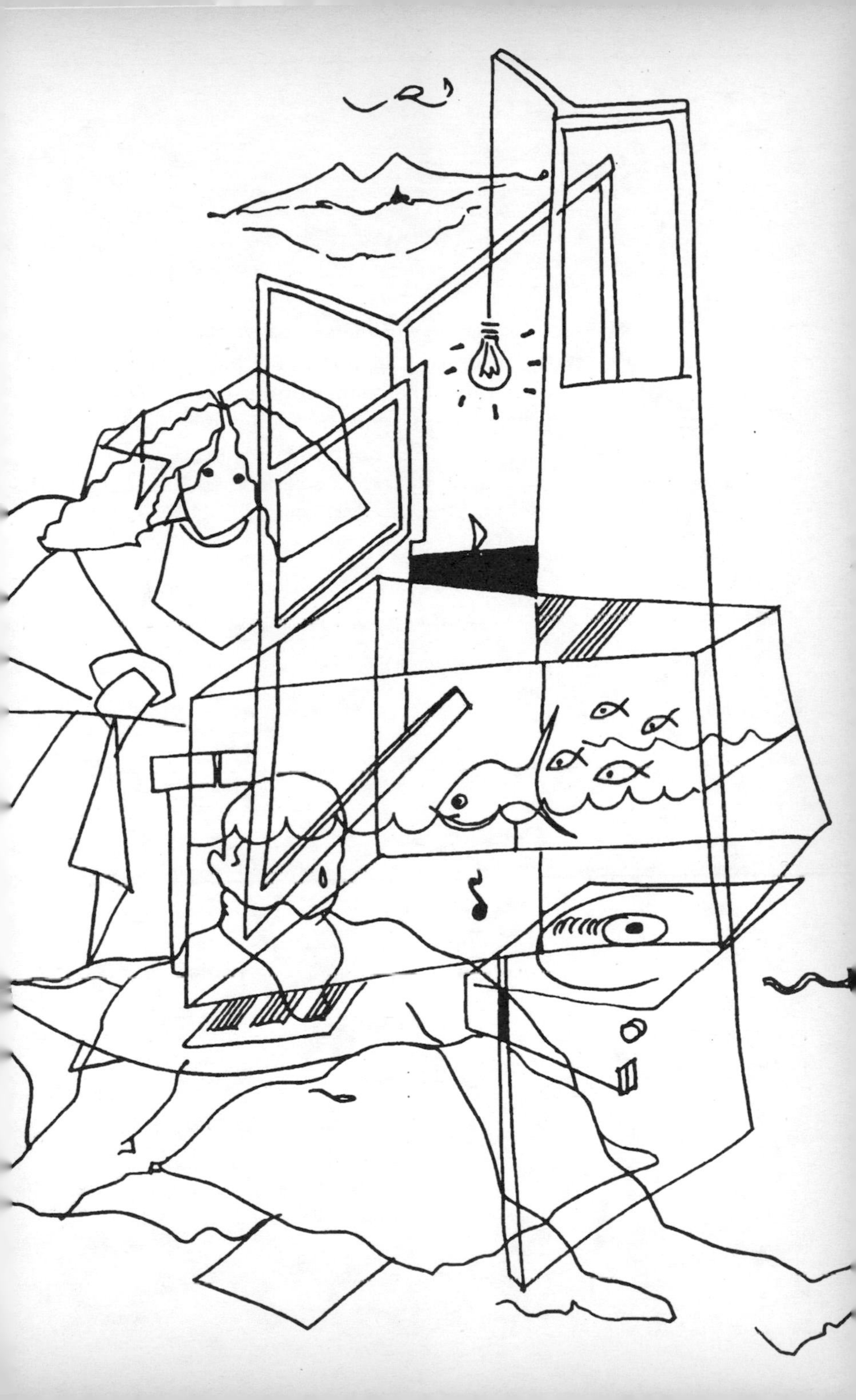